图书在版编目（CIP）数据

银河铁道之夜 /（日）宫泽贤治著；赖庭筠译. --
南京：江苏人民出版社, 2018.12
（掌悦经典）
ISBN 978-7-214-22660-0

Ⅰ.①银… Ⅱ.①宫… ②赖… Ⅲ.①童话－作品集
－日本－现代 Ⅳ.①I313.88

中国版本图书馆CIP数据核字（2018）第226201号

书　　名	**银河铁道之夜**
著　　者	[日]宫泽贤治
译　　者	赖庭筠
责任编辑	卞清波
装帧设计	凤凰含章
出版发行	江苏人民出版社
出版社地址	南京市湖南路 1 号 A 楼，邮编：210009
出版社网址	http://www.jspph.com
印　　刷	北京鑫海达印刷有限公司
开　　本	880 mm × 1230 mm　1/32
印　　张	7
字　　数	160 千字
版　　次	2018 年 12 月第 1 版　2018 年 12 月第 1 次印刷
标准书号	ISBN 978-7-214-22660-0
定　　价	39.80 元

（江苏人民出版社图书凡印装错误可向承印厂调换）

銀河鉄道之夜

銀河鉄道の夜

みやざわ けんじ
【日】宮泽贤治——著
赖庭筠——译

江苏人民出版社

目录

自序

人可以食用犹如冰糖般珍贵澄澈的风儿，啜饮朝阳美丽的桃红色日光。

我时常在田野或森林中，亲眼目睹原本褴褛破烂的衣服，突然变成珍贵的天鹅绒或纱罗材质、上头镶嵌闪亮宝石装饰的美丽衣裳。

我喜欢这些美丽的食物与衣裳。

我所写的故事，全都来自森林、原野、铁道线路、彩虹或月光。

当一个人独自通过黄昏时分的蓝色柏树林，浑身发抖站在十一月的山风中，我真的有这样的感觉。这样的感觉，驱动我将当时浮现在心头一幕幕的场景，全都写了下来。

因此，这些故事当中，也许有些会对您有益处，有的没有，关于这一点我自己也无法分辨其中的差别。其中有些部分，或许您读了会觉得一头雾水，其实我也不知道为什么会写出这些内容。

虽说如此，我仍衷心希望这些小故事里，有些部分最后能够成为您澄澈透明的精神食粮。

大正十二年十二月二十日

宫泽贤治

渡雪原

像你们这么厉害的人，怎么可能看不出来是真的麻糬还是兔子便便呢？人家一直说我们狐狸会骗人，真是太冤枉了。

其一 小狐狸绀三郎

雪地冻得比大理石还坚硬，冷冽的天空犹如一块冰冷光滑的青石板。

“硬邦邦的冰雪呀，粉扑扑的细雪呀。”

白晃晃的太阳不停燃烧，将飘散百合花香的雪地照得闪闪发亮。

树枝上结满发亮的霜，仿佛挂着一串串粗砂糖。

“硬邦邦的冰雪呀，粉扑扑的细雪呀。”四郎和欢子穿着小雪靴，踢踢跶跶地奔向原野。

还能有哪一天比今天更有趣呢？无论是平常无法通行的玉米田，还是长满芒草的原野，今天想去哪里就去哪里。雪地上一片平坦，就像摆了许多小小的镜子，将四周照得亮堂堂的。

“硬邦邦的冰雪呀，粉扑扑的细雪呀。”

兄妹俩来到森林附近。高大的柏树因为树枝上满是晶莹剔透的冰柱，沉重地弯下了身躯。

“硬邦邦的冰雪呀，粉扑扑的细雪呀。小狐狸呀小狐狸，娶新娘呀娶新娘。”他们对着森林高声喊道。

经过片刻宁静，两人深呼吸，准备再喊一次。此时，森林里传出：

“粉扑扑的细雪呀，硬邦邦的冰雪呀。”

一只白色的小狐狸咯噔咯噔地走出森林。

四郎有些惊讶，连忙将欢子拉到身后，接着奋力打开双脚，大声说道：“小狐狸呀小狐狸，你要新娘我给你。”

那狐狸虽小，却捻着银针般的胡须说：“四郎呀四郎，欢子呀欢子，我才不要新娘。”

四郎笑道：“小狐狸呀小狐狸，新娘不要，年糕要不要？”

小狐狸摇了摇头，兴味盎然地说：“四郎呀四郎，欢子呀欢子，小米麻糬要不要？”

欢子太兴奋了，躲在四郎身后轻声地唱：“小狐狸呀小狐狸，狐狸的麻糬是兔子便便。”

小狐狸绀三郎听了笑着说：“怎么可能会有这种事。像你们这么厉害的人，怎么可能看不出来是真的麻糬还是兔子便便呢？人家一直说我们狐狸会骗人，真是太冤枉了。”

“所以人家说你们狐狸会骗人，那是假的吗？”

绀三郎热心地说：“当然是假的，而且是最过分的假话。那些说狐狸会骗人的人，不是喝醉了就是胆小怕事。告诉你们一件有趣的事。前一阵子，甚兵卫有一天坐在我们家门口，唱净琉璃[①]唱了一整晚。大家都跑出来看了。”

四郎大叫：“如果是甚兵卫，一定不是净琉璃，是浪花节[②]。”

小狐狸绀三郎一脸恍然大悟地说：“嗯，或许是吧。反正你们来吃麻糬嘛。我的麻糬，可是我自己耕田、播种、除草、收成、制粉、揉粉、蒸熟、撒糖的。怎么样？要不要来一盘？”

四郎笑道：“绀三郎，我们刚刚才在家里吃了年糕，真的不饿呢。下次怎么样？”

小狐狸绀三郎高兴地挥舞自己的短手：“这样啊，那就下次幻灯会请你们来吃吧。你们一定要来幻灯会哦！下次雪地结冻的晚上八点。先给你们入场券吧，需要几张呢？”

“给我五张吧。”四郎回道。

---

① 净琉璃原是一种说唱曲的名称，它的先驱是云游的日本盲人表演者目贯屋长三郎和木偶师引田。

② 从日本明治初期开始形成的一种民间说唱艺术。因为起源于江户时代末期的大阪，所以叫做“浪花節”，而大阪的故称是“なにわ（浪花）”。

“五张？除了你们另外三张给谁呢？”绀三郎问。

“还有我们的哥哥。”四郎答道。

“你们的哥哥都不满十一岁吗？”绀三郎又问。

“小哥哥现在四年级，八岁加四岁，他十二岁。”

绀三郎认真地捻着胡须说：“那真是不好意思，就你们来吧，你们的哥哥不能参加。我会为你们准备贵宾席。这次要放的幻灯片很有趣哦。第一张是‘不要喝酒’，拍的是你们村子的太右卫门和清作，他们喝了酒，竟然因为眼花，想吃原野里奇怪的馒头和面条。那张照片里还有拍到我呢。第二张是‘小心陷阱’，那张是画，不是照片。画的是我们绀兵卫在原野掉入陷阱的画。第三张是‘星星之火’，主角是我们勘助，他那时候到你们家，尾巴竟然烧起来了。请你们一定要来。”

四郎和欢子开心地点头。小狐狸撇了撇嘴，模样有点好笑。接着他踢踢跶跶咚咚、踢踢跶跶咚咚地踏步，还摇头晃尾地像是在思考什么事情。最后，终于挥舞双手，一边打拍子一边唱：

粉扑扑的细雪呀，硬邦邦的冰雪呀。
原野里的馒头热呼呼。
喝醉的太右卫门摇呀摇，
去年吃了三十八。
粉扑扑的细雪呀，硬邦邦的冰雪呀。
原野里的面条热呼呼。
喝醉的清作摇呀摇，
去年吃了一十三。

四郎、欢子深受吸引，和狐狸一同跳起舞来。

踢踢、跶跶、咚咚。踢踢、跶跶、咚咚。踢踢、跶跶、踢踢、跶跶、咚咚咚……

四郎唱："小狐狸呀小狐狸，去年狐狸绀兵卫，左脚踩进陷阱里，哎呀哎呀哎呀呀。"

欢子也唱起："小狐狸呀小狐狸，去年狐狸勘助呀，想吃烤鱼烧屁股，哎唷哎唷哎唷唷。"

踢踢、跶跶、咚咚。踢踢、跶跶、咚咚。踢踢、跶跶、踢踢、跶跶、咚咚咚。

他们一边跳一边走进森林里。日本厚朴封蜡般的鲜红嫩芽，随风摇曳，闪闪发光。森林里的雪地上，蓝色树影看起来就像一面网子，阳光照耀之处，仿佛一朵朵盛开的银色百合。

小狐狸绀三郎说："我们来叫小鹿吧，小鹿很会吹笛子呢。"

四郎和欢子拍手叫好，接着他们一同喊道："硬邦邦的冰雪呀，粉扑扑的细雪呀。小鹿呀小鹿，娶新娘呀娶新娘。"

另一边随即传来轻柔的声音："北风萧萧风三郎，西风瑟瑟又三郎。"

小狐狸有些看不起小鹿，噘着嘴说："小鹿就是这么胆小，不会到这里来，不过我们还是可以再叫一次。"

于是他们再次喊道："硬邦邦的冰雪呀，粉扑扑的细雪呀。小鹿呀小鹿，娶新娘呀——娶新娘。"

虽然有声音传来，但分不清楚是风声、笛声还是小鹿的歌声。

北风萧萧，哎唷哎唷。

西风瑟瑟，嘿咻嘿咻。

小狐狸又捻了捻胡须说："雪地变软，路就不好走了，你们快回家吧。记得下次雪地结冻的晚上来哦，我们会办幻灯会。"

"硬邦邦的冰雪呀，粉扑扑的细雪呀。"

四郎、欢子一边唱歌，一边走过银色的雪地。

"硬邦邦的冰雪呀，粉扑扑的细雪呀。"

其二　狐狸小学的幻灯会

到了农历十五日，青白色的满月静静地自冰山边升起。雪地散发着青色的光芒，坚硬冰冻得像寒水石一样。

四郎想起和小狐狸绀三郎的约定，轻声问妹妹欢子："今天晚上小狐狸要办幻灯会呢，我们要不要去？"

欢子高兴得跳了起来："要去，要去！小狐狸呀小狐狸，小小狐狸绀三郎。"

二哥二郎听到也说："你们要去找狐狸玩吗？我也想去。"

四郎缩了缩肩膀，有点伤脑筋的样子。"二哥，入场券上写着，狐狸的幻灯会只有十一岁以下的小孩才可以参加呢。"

"什么？我看看。哈哈，若非本校学生之亲属，严禁十二岁以上来宾入场。狐狸们还蛮能干的嘛。那没办法，我就不去啦。对了，你们带点年糕去吧，那个供神用的年糕。"

四郎、欢子穿上小雪靴，背着年糕出门了。

他们的哥哥一郎、二郎、三郎站在门口喊道："去吧。遇到大狐狸的时候，记得要立刻闭上眼睛哦。来，我们帮你们喊吧。‘硬邦邦的冰雪呀，粉扑扑的细雪呀。小狐狸呀小狐狸，娶新娘呀娶新娘。’”

满月高挂夜空，森林里弥漫着一股苍茫的雾气。四郎和欢子来到森林入口。

他们看见一只胸前别着橡果徽章的白色小狐狸。

“晚安。你们来得好早哦。有带入场券吗?”

“有。”他们拿出入场券。

“请往这边走。”眼睛眨呀眨的小狐狸认真地弯腰致意，用手指着森林深处。

月光像好几根蓝色的棒子，斜斜地穿进森林里。他们走向森林里的空地。

空地上聚集了许多狐狸小学的学生，有些在互扔栗子皮，有些在玩相扑。最好笑的是，有老鼠般大小的小狐狸站在稍微大一些的小狐狸肩膀上，一副想把星星摘下来的样子。

一条白色的床单挂在大家面前的树上。

突然，四郎与欢子的背后传来声音:“晚安，欢迎你们来，前几天谢谢你们。”

他们吓了一跳，回头看，原来是绀三郎。

绀三郎一身笔挺的燕尾服，胸前还别着水仙花。他用一条纯白的手帕擦拭自己尖尖的嘴巴。

四郎微微弯腰致意:“谢谢你邀请我们参加今天晚上的活动，这些年糕请大家一起吃。”

狐狸小学的学生们都看着四郎与欢子。

绀三郎挺起胸膛，诚恳地收下年糕。

“真是不好意思，还让你们带礼物来。请慢慢享受这个夜晚，幻灯会马上就要开始了。”

绀三郎拿着年糕往另一边走去。

狐狸小学的学生们齐声高呼:“硬邦邦的冰雪呀，粉扑扑的细雪呀。硬年糕呀硬梆梆，白年糕呀白亮亮。”

狐狸们在布幕旁挂上一块大板子，上头写着:“铭谢人类四郎、人类欢子之赠礼:很多年糕。”

狐狸小学的学生们高兴得拍起手来。

此时，哔——地一声，笛声响起。

绀三郎自幕后走到幕前，他清了清嗓子，接着认真地鞠躬致意。大家都安静下来。

“今晚天气真好，满月像用珍珠做成的盘子，星星像凝结在原野上的露珠。我在此宣布幻灯会正式开始，请各位不要眨眼睛，也不要打喷嚏，好好地观赏。

“另外，今晚我们有两位重要的贵宾，请大家一定要安静，别把栗子皮扔到贵宾那里去。以上是我的开幕致辞。”

大家都高声鼓掌。四郎轻声对欢子说:“绀三郎口才真好。”

哔——笛声响起。

布幕上出现“不能喝酒”四个大字，接着出现一张照片。画面里是一个喝醉的人类爷爷，他手里抓着一个感觉怪怪的圆形物体。

大家用脚打着拍子唱道——

（踢踢跶跶咚咚，踢踢跶跶咚咚）

粉扑扑的细雪呀，硬邦邦的冰雪呀。

原野里的馒头热呼呼。

喝醉的太右卫门摇呀摇，

去年吃了三十八。

（踢踢跶跶咚咚，踢踢跶跶咚咚）

画面消失后，四郎轻声对欢子说：“这是绀三郎做的那首歌。”

接着布幕上出现另外一张照片。画面里是个喝醉的人类青年，他把头伸进用日本厚朴叶片做成的碗，不知道在吃些什么；而身穿白色和服的绀三郎站在对面看着他。

大家用脚打着拍子唱道——

（踢踢跶跶咚咚，踢踢跶跶咚咚）

粉扑扑的细雪呀，硬邦邦的冰雪呀。

原野里的面条热呼呼。

喝醉的清作摇呀摇，

去年吃了一十三。

（踢踢跶跶咚咚，踢踢跶跶咚咚）

画面消失后，大家稍事休息。

有个感觉很可爱的小狐狸女生，端了两盘小米麻糬来。

四郎很害怕，因为他们才刚看了太右卫门、清作在糊里糊涂的情况下，把一些感觉很奇怪的物体吃进了肚子里。

狐狸小学的学生们都在看他们，还交头接耳地说：“他们会吃吗？你觉得他们会吃吗？”端着盘子不知该如何是好的欢子脸好红。四郎下定决心说：“吃吧，我们吃吧，我觉得绀三郎不会骗我们。”他们把盘子里的小米麻糬都吃进肚子里。

那麻糬真是美味极了。狐狸小学的学生们看了，全都高兴得跳起舞来。

(踢踢跶跶咚咚，踢踢跶跶咚咚)
白天阳光大又大，
夜晚月光亮又亮。
就算四分又五裂，
狐狸学生不撒谎。
(踢踢跶跶咚咚，踢踢跶跶咚咚)
白天阳光大又大，
夜晚月光亮又亮。
哪怕挨饿又受冻，
狐狸学生不偷盗。
(踢踢跶跶咚咚，踢踢跶跶咚咚)
白天阳光大又大，
夜晚月光亮又亮。
哪怕千刀又万剐，
狐狸学生不妒恨。
(踢踢跶跶咚咚，踢踢跶跶咚咚)

四郎与欢子感动落泪。

哔——笛声再次响起。

布幕上出现“小心陷阱”四个大字，接着出现一幅画。画里是狐狸绀兵卫左脚踩进陷阱里的情景。

大家唱道：“小狐狸呀小狐狸，去年狐狸绀兵卫，左脚踩进陷阱里，哎呀哎呀哎呀呀。”

四郎轻声对欢子说：“这是我做的歌呢。”

画消失后，布幕上出现“星星之火”四个大字，接着出现一幅画。画里是狐狸勘助想偷吃烤鱼，尾巴却着火了的情景。

大家高声呼叫：“小狐狸呀小狐狸，去年狐狸勘助呀，想吃烤鱼烧屁股，哎唷哎唷哎唷唷。”

哔——笛声响起，幕前亮起，绀三郎再度出来致辞：

“谢谢大家，今晚的幻灯会到此结束。过了今晚，大家绝对不能忘记一件事。有两位聪明而且没喝醉的人类小孩，品尝了我们狐狸做的食物。大家长大之后也不能骗人，要努力消除至今人类对我们的误解。以上是我的闭幕致辞。”

狐狸学生们感动得站起来举起双手欢呼，并落下闪闪发光的眼泪。

绀三郎走到四郎和欢子面前，深深一鞠躬。

“再见了，我永远不会忘记你们今晚的恩情。”四郎和欢子向绀三郎致意后准备回家。狐狸学生们追上他们，不停地往他们怀里、口袋里塞橡果、栗子还有散发绿色光芒的石头。

“这给你们。”“请收下。”接着就像一阵风般跑了回去。

绀三郎面带微笑地看着这一幕。

兄妹俩走出森林，来到原野。

白雪茫茫的原野上有三个黑影朝着他们移动，原来是来接他们的三个哥哥。

橡果与山猫

马车夫当当当地打铃，铃声响彻整片森林。金黄色的橡果们稍微安静下来。山猫不知何时已经换上了黑色的缎纹长服，充满威严地坐在橡果们面前——

一郎在某个星期六傍晚收到一张奇怪的明信片——

金田一郎先生　九月十九日

感觉你很有精神，非常好。

明天要审理一桩麻烦的案件，

邀请你前来参加，但请不要带枪。

山猫敬上

明信片上的字迹潦草极了，墨迹脏脏的，一不小心就会沾到手。但一郎却开心得不得了。他将明信片小心翼翼地收进学校的书包里，在家里兴奋地跳来跳去。

躺在床上的他，一想起山猫喵呜一吼的那张脸，以及即将面临的麻烦案件，就心痒难耐迟迟无法入睡。

隔天睁开眼睛，天已经亮透了。一郎站在门口向外望，群山仿佛新生般水润，在蔚蓝的天空下绵延成叠。一郎连忙吃完早餐，独自沿着河流旁的小路往上走。

一阵清风奋力吹过，栗子树上的果实纷纷掉落。一郎仰望栗子树问道：

“栗子树啊，栗子树啊，山猫有经过这里吗?”栗子树想了一下回答：

“山猫今天一早就坐马车赶到东边去啰。”

“可是我现在走的方向正是东边呢。真奇怪，我再往前走一段好了，谢谢你。”

栗子树沉默不语，任凭果实纷纷掉落。

一郎再稍微向前走一些，那里是“吹笛瀑布”。吹笛瀑布位于纯白的石崖边，岩壁上有个小洞，水就从那个小洞涌进山谷里，形成一道瀑布，那水声就像有人在吹笛子一般。

一郎对着瀑布大喊:“哈罗，吹笛瀑布，山猫有经过这里吗?”

瀑布哗——哗——地回答。

“山猫坐马车赶到西边去罗。”

“真奇怪，西边应该是往我家的方向啊。没关系，我再往前走一下，谢谢你。”

瀑布又一如往常般吹起笛子来。

一郎继续向前走，眼前一棵山毛榉下长了好多白色香菇，正咚咚当咚咚当地演奏着奇怪的乐曲。一郎弯下腰问道:“哈罗，香菇，山猫有经过这里吗?”香菇回答:“山猫今天一早就坐马车赶到南边去啰。”一郎歪头陷入沉思。

“南边是往深山去的方向，真奇怪。没关系，我再走一段看看吧，谢谢你们。”

香菇们忙碌地继续咚咚当咚咚当地奏乐。

一郎继续向前走，看见一只松鼠在橡树树梢跳啊跳的，一郎立刻伸手请松鼠停下来，开口问道:“哈罗，松鼠，山猫有经过这里吗?”站在树上的松鼠将手放在额头上遮挡阳光，看着一郎说:“山猫今天一早天还没亮，就坐马车赶到南边去啰。”

“到南边去……这已经是第二次听到了，真奇怪。不过我还是再走一段看看吧，谢谢你。”一郎说话的时候，松鼠已经不见踪影，只剩橡果在最上方的枝头摇晃，一旁的树叶反射着太阳的光芒。

一郎又向前走了一些，河边小路越来越窄，最后终于到了尽头。接着一郎走向河流南边一条通往榧树林的小路。沿着小路前进，榧树茂密的枝叶层层相叠，完全不见天日。小路接着一道陡坡，一郎涨红着脸、汗流浃背爬上坡道后，眼前豁然开朗，顿时感觉有些刺眼。那是一片美丽的金色草原，野草随风摇摆发出沙沙声响。草原四周都是橄榄色的榧树。

一个又矮又怪的男人蹲在草原正中央，手持皮鞭，默默凝视着一郎。

一郎走近男人身旁，吓得停下了脚步。男人只有一只眼睛看得见，看不见的白色眼珠转呀转地盯着一郎。此外，他不仅奇装异服，双脚还如山羊般严重扭曲，脚尖犹如饭勺。虽然一郎觉得害怕，还是尽可能沉着地问道："你认识山猫吗？"

那个男人瞥了一郎一眼，撇嘴沉吟半晌后才笑着说："山猫大人很快就会回来，你是一郎先生吧。"

一郎吓了一跳，往后倒退一步说："对，我是一郎，你怎么知道？"那个奇怪的男人露出诡异的笑容："所以你看过明信片了吧？"

"看了，所以我才会来。"

"那张明信片写得很差吧。"男人低着头有些难过地说。一郎的同情心油然而生："会吗？我倒觉得文笔很好呀。"

男人听了很是高兴，不仅呼吸变得急促，脸更是一路红到耳根。男人敞开衣领，让风吹进衣服里。接着问道："那字好看吗？"

一郎笑着回答："好看啊，五年级学生可能写不出那样的字呢。"

男人瞬间显得有些不悦。

"五年级……是说一般的小学五年级吗？"由于他的声音听起来实在很沮丧，一郎连忙解释："不不不，是大学五年级。"

男人开心极了，笑意全写在脸上。他笑着大喊："那张明信片是我写的哦。"

一郎忍住笑意问道："请问你是……"

男人连忙一脸严肃地说："我是山猫大人的车夫。"

此时一阵风吹过，草就像波浪般随风摇曳。车夫突然慎重地行礼。

一郎觉得诧异，回过头去一看，才发现山猫站在他的后方。山猫披着阵羽织[①]般的黄色上衣，绿色的眼睛睁得又圆又大。山猫的耳朵好尖啊——一郎还在

---

① 阵羽织是在日本战国时期非常流行的一种衣物。由绢等所织出来的无袖羽织，再配合上铠甲或保护物穿在身上。

心里嘀咕的时候，山猫毕恭毕敬地行了个礼，一郎也慎重地回礼。

“你好，谢谢你昨天寄来的明信片。”

山猫捻了捻胡须，挺着肚子说：“你好，欢迎你来。其实这件麻烦的纠纷发生在前天，审理起来真是有点伤脑筋，所以才想听听你的意见。在那之前，请先好好休息。橡果们应该等一下就会过来了，为了这件事，他们可是争吵个不休呢。”

山猫从怀中取出烟草盒，自己叼了一根，接着将盒子举至一郎面前问道：“你要不要也来一根？”

一郎有点惊讶地回答：“不用。”

山猫听了大笑说：“哈哈，因为你还年轻。”接着咻地一声点燃火柴，刻意皱着眉头，吐出一团白色烟雾。尽管山猫的车夫还是正经八百地原地立正，但他拼命忍着对烟草的渴望，最后竟然泪流满面。

此时，一郎脚边传来盐巴大量洒落般的声响。一郎惊讶地弯下腰去看，发现杂草里满是金黄色的圆球，闪耀着夺目的光芒。仔细一瞧，那些都是穿着红色短裤的橡果，算一算数量，至少有三百颗以上。橡果们吱吱喳喳地吵个不停。

“啊，来了，跟蚂蚁一样成群结队地来了。喂，快点打铃。还有，今天的阳光很充足，顺便把草修一修。”山猫丢掉手里的烟草，匆匆交代车夫；马夫慌张地从腰间取出一把大镰刀，迅速修整山猫面前的杂草。这样一来，闪闪发光的橡果们从四周的杂草中一颗颗滚出来，吱吱喳喳地吵个不停。

接着马车夫当当当地打铃，铃声响彻整片森林。金黄色的橡果们稍微安静下来。山猫不知何时已经换上了黑色的缎纹长服，充满威严地坐在橡果们面前——一郎感觉眼前的景色就像人们在参拜奈良的大佛。车夫甩动手中的皮鞭两三下，发出咻趴、咻趴的声响。

蓝天下闪闪发光的橡果，看起来真是美丽极了。

“审理到今天已经是第三天了，你们该和好了吧。”山猫感觉有些担心，但还是端着架子说。

橡果们异口同声叫道：“不不不，不行，不管怎么说，头尖尖的最伟大，而且我的头最尖。”

“才不是这样，头圆圆的比较伟大，而且我的头最圆。”

“大才是重点吧，越大的越伟大。我最大，所以我最伟大。”

“才不是呢，昨天法官不是也说我比较大吗？”

“不行不行，身高才是重点，要比身高才对。”

“应该要比力气，力气大的比较伟大”

…………

眼前的情况有如蜂窝被戳到一样混乱，橡果们七嘴八舌，让听的人完全摸不着头绪。于是山猫大叫：“吵死了！我心里自有打算，安静！安静！”

车夫又咻趴一声挥舞皮鞭，橡果们终于安静下来。山猫捻了捻胡须说：

“审理到今天已经是第三天了，你们总该和好了吧。”

橡果们七嘴八舌地说：

“不不不，不行，不管怎么说，头尖尖的还是最伟大。”

“才不是这样，头圆圆的比较伟大。”

“大才是重点吧！”

吱吱喳喳、吱吱喳喳……简直让人满头雾水，于是山猫大叫：

“吵死了！我心里自有打算，安静！安静！”

咻趴一声，车夫挥舞皮鞭试图压制，山猫又捻了捻胡须说道：

“审理到今天已经是第三天了，你们就和好了吧。”

“不不不，不行，头尖尖的……”

吱吱喳喳……

山猫大叫："吵死了！我心里自有打算，安静！安静！"

车夫又挥舞了一次皮鞭，橡果们才肯恢复安静。山猫悄声对一郎说：

"事情就是这样，你说该怎么办才好？"

一郎笑着回答："既然如此，就这样回答他们吧——最笨、最糊涂、最不成熟的最伟大。曾经有人对我这样说过。"

山猫仿佛领会了个中道理，只见他点了点头，重新打起精神，挺起穿着黑色缎纹长服、黄色阵羽织的胸膛，对着橡果们宣判："很好，安静。我要宣判了。你们当中最笨、最糊涂、最不成熟的最伟大。"

现场鸦雀无声，陷入一片静默，每个橡果都像石头般僵硬。

山猫脱下黑色缎纹长服，一边擦拭额头上的汗水，一边和一郎握手。车夫高兴极了，得意忘形地甩动手里的皮鞭五六下，发出咻趴、咻趴、咻趴的声响。山猫说道："感谢你在这么短的时间里迅速解决了如此麻烦的案件，请你一定要担任本法院的荣誉法官。之后有什么问题，我可以再寄明信片请你过来吗？这次我得好好酬谢你。"

"酬谢就不用了，往后有什么事，请再通知我。"

"不不不，当然要，这件事关乎我的人格。此外，之后我们能以法院的名义寄明信片给你，并用'金田一郎阁下'称呼你吗？"

一郎回答："嗯，没问题。"之后，山猫似乎还有话想说，只见它捻着胡须、眼睛眨啊眨的。好一阵子后，终于下定决心说道：

"关于明信片的用词，我们可以写'此处有案要审，明日务必出庭'吗？"

一郎笑着说："感觉有点别扭呢，可以不要这样写吗？"

山猫仿佛很惋惜自己说错了话，它捻着胡须想了想，最后终于决定放弃。只见它低着头说："那就还是照之前那样写吧。最后，今天的谢礼是黄金橡果一升或盐渍鲑鱼头，你喜欢哪一样呢？"

“我喜欢黄金橡果。”

山猫似乎很高兴一郎没有选择鲑鱼，立即交代车夫：“快拿一升黄金橡果来，不够的话，镀金的也可以。快!”

车夫将方才的橡果都装进袋里，测量之后大声回报：“正好满一升。”

山猫的阵羽织随风摇摆。接着大大地伸了个懒腰，闭上眼睛，打了个哈欠说：“好，快去准备马车。”

马车夫拉来一辆白色大香菇做成的马车，前头是长得很奇怪的灰马。

“好，送我们回家吧。”山猫说。山猫和一郎坐上马车，车夫将橡果放进车里。

咻——趴——

马车离开草原，花草树木如烟雾般摇曳。一郎盯着手中的黄金橡果，一旁的山猫则是若无其事地望向远方。

随着马车不断前进，橡果的光芒越来越黯淡。等到马车停下来的时候，橡果已经变成寻常的茶色。不仅如此，无论是车夫、香菇做成的马车，还是身穿黄色阵羽织的山猫都已消失无踪，只剩一郎手拿装着橡果的袋子，站在自家门前。

从此往后，一郎就再也没接过山猫寄来的明信片。他偶尔会想，早知如此，当初就该让山猫写“务必出庭”呢……

贤治小专栏1

弟弟是最成功的制作人，也是宫泽贤治文学的幕后推手

生前无名的贤治，死后为何成为全日本家喻户晓的国民作家?

贤治的弟弟清六，可以说是让他的创作被世人看见的重要推手。贤治死后一个月，清六制作了哥哥的作品集并分发给亲朋好友。隔年，他与诗人草野心平等人编了《追悼宫泽贤治》一书,这本书的印刷制作费用,全都由宫泽家出资。

清六的尝试渐渐获得回响，之后又陆续出版了《宫泽贤治全集》和《宫泽贤治名作选》等。担任“名作选”编辑的作家松田甚次郎曾是贤治的弟子。甚次郎于昭和十三年出版的《对土地呐喊》一书成为当时的畅销作品，连带地也带动了“名作选”的销量。自此，宫泽贤治的名字才开始在日本流传开来。

日本战后开始盛行的贤治研究，清六也发挥了极大的影响力。贤治文学衍伸出许多研究，包括：哲学、天文学、农业、宗教和诗歌等，清六为这些研究专家们提供了只有家人才能提供的“第一手资料”。如今，“为了农民的幸福奉献一生的文学家”已成了世人对贤治的印象。

直到平成十三年(二〇〇一)，九十七岁的清六死去为止，他对于日本的贤治研究有着极大的主导权，宫泽贤治的相关研究发表都必须获得清六的许可。

贤治文学如今能获得这么多人的喜爱，甚至流传到全世界，幕后最大的功臣无疑就是他的弟弟宫泽清六。

要求很多的餐馆

再往前走一点，看见一只玻璃壶。门旁写着：“请将壶里面的乳霜确实涂抹在脸上及手脚上。”

仔细看，壶里装的是用牛奶做成的奶油。

两个打扮得跟英国绅士一模一样的年轻绅士，背着擦得发亮的长枪，各牵着一头白熊般壮硕的大狗。

他们踏着深山里干枯的树叶堆，一边说话一边向前走："这附近太奇怪了，连一只鸟、一只野兽都没有。真想赶快'达达——'几声开枪射击啊。"

"要是能在野鹿的黄色肚皮上打个两三发，看它们转啊转地倒地不起，那简直是痛快极了。"

这里是深山的最深处，就连先前帮两人带路的资深猎人，竟然也不知所踪。

更糟糕的是，那两头和白熊一样壮的大狗，竟同时头晕目眩，吠了好一会儿后，就双双口吐白沫死了。

"我白白损失了两千四百圆。"一位绅士掀了掀狗的眼皮后说道。

"我那只值两千八百圆呢。"另一位心有不甘地歪着头说。

第一个绅士看起来有些不愉快，他静静盯着另一个绅士说：

"我想回去了。"

"我也觉得又冷又饿，我们回去吧。"

"好，就到此为止。回家途中在昨天住宿的地方花个十圆买几只野鸟好了。"

"我记得那边也有卖兔子，这样跟我们自己猎到的没什么两样，回去吧。"

伤脑筋的是，两人迟迟找不到回去的方向。

风一阵一阵吹来，野草沙沙作响，枝叶、树木也随风呼呼摇动。

"好饿呀，我的肚子从刚才开始就痛得不得了了。"

"我也是，有点走不太动了。"

"对啊，伤脑筋……真想吃点东西。"

"我也是……"

两个绅士在沙沙作响的芒草丛间对话。

他们转过头时，突然发现一栋华丽的西式建筑。

那栋西式建筑的入口挂着门牌，门牌上写着——

“你看，刚好有餐厅呢。餐厅开在这里会有生意吗？要不要进去瞧一瞧？”

“这样想起来的确有点古怪，不过应该有食物可以吃吧。”

“当然，招牌上都写是‘餐厅’呢。”

“那进去吧，我再不吃点东西就要晕倒了。”

两人站在入口处。白色陶瓷砖砌叠而成的入口，看起来十分高级。

玻璃推门上以金色的文字写着：

欢迎任何人入内，千万不要客气。

两人开心极了。

“竟然有这种好事？这世上果然是公平的。虽然我们今天过得很辛苦，还是会遇到这样的好事。这餐厅竟然让人免费用餐呀。”

“好像是耶，‘千万不要客气’一定就是这个意思。”

两人推开门走进室内，一条长廊随即映入眼帘。

玻璃门背面以金色的文字写着：

本餐厅特别欢迎肥胖者与年轻人。

两人看到“特别欢迎”几个字时兴奋极了。

“我们符合‘特别欢迎’的条件呢。”

“而且还两项都符合。”

他们在走廊上前进，最后看见一道水蓝色的门。

“这房子好奇怪，为什么要有那么多门呢……”

“这是俄罗斯式的房子。在寒冷的地方或深山里，房子都是这样的。”

当两人准备打开那道门，发现上头以黄色文字写着：

本餐厅对餐点的品质有非常要求，敬请见谅。

“难得在这种地方，他们还真是不惜成本呢。”

“不过也是，你想想，东京也很少有大餐厅在大路旁呢。”

他们边说边打开那道门。门的背面写着：

虽然我们对餐点要求很多，还请保持耐心。

“这是什么意思……”其中一个绅士皱了皱眉头。

“一定是因为他们对品质有非常的要求，要花很多时间料理，才会事先请我们体谅。”

“应该是吧，真想赶快进去啊……”

“好想坐在餐桌前哦……”

麻烦的是，眼前又出现另外一道门。门旁有一面镜子，镜子下方是一支长柄刷。

门上以红色的文字写着：

请客人在这里整理头发，衣物上的泥土也请清理干净。

“这要求再正常不过了。我刚刚觉得这餐厅在深山里，还真是小觑他们了。”

“真是严谨的餐厅啊，一定有许多政商名流常来。”

于是两人仔细地梳理头发，并将鞋子上的泥土清理干净。

没想到，当他们将刷子放回架上时，刷子突然凭空消失了。一阵冷风突然吹进室内。

两个绅士吓了一跳，紧靠在一起用力打开门，走向门后。他们心想，再不吃些温热的食物来恢复精神，真是不知道该怎么办才好了。

门的背面又出现奇怪的要求：

请把枪枝、子弹放在这里。

身旁有一张黑色的台子。

“是啊，怎么可以带着枪吃饭呢。”

“嗯，来这间餐厅的一定都是政商名流。”

两人解开皮带，把枪枝、子弹放在台子上。

接着他们看见一道黑色的门。

请脱下帽子、外套还有鞋子。

“怎么办？要脱吗?”

“没办法，脱吧。里头一定来了了不起的大人物。”

两人把帽子与大衣挂在钉子上并脱下鞋子，之后走进黑色的门里。

门的背面写着：

请将领带夹、袖扣、眼镜、皮夹放在这里。其他金属，尤其是尖锐物品，也请放在这里。

门旁有个黑色的大保险箱，门是开着的，还附了钥匙。

“哦……看样子他们调理食物的时候会用到电，才要避免携带金属类，而且尖锐物品也很危险。”

“应该是吧，那我们最后是在这里结账吗?”

“看样子应该没错。”

“一定是这样。”

他们把眼镜、袖扣等物品放进保险箱里并锁好。

再往前走一点，他们看见一只玻璃壶。门旁写着：

请将壶里面的乳霜确实涂抹在脸上及手脚上。

仔细看，壶里装的是用牛奶做成的奶油。

“为什么要涂奶油……”

“一定是因为外面很冷，怕里头太暖和了，皮肤容易龟裂。里头一定来了很伟大的人，说不定我们还可以和贵族近距离接触呢。”

两人将壶里的奶油涂在脸上、手上，接着脱下袜子，涂在脚上。由于壶里的奶油还有剩，所以他们假装要把奶油涂在脸上，偷偷把奶油吃了个精光。

接着他们连忙打开眼前的门，门的背面写着：

奶油涂好了吗？耳朵也涂了吗？

眼前有一个小小的壶，壶里放着同样的奶油。

“对对对，我们忘了涂在耳朵上，耳朵的皮肤差点就要裂开了。这间餐厅的老板准备得还真周到。”

“对啊，好细心啊。可是我好饿，这走廊怎么没完没了……”

很快，他们又看见下一道门。

料理即将完成。

只要再等不到十五分钟，

就可以吃了。

请将瓶中的香水洒在头上。

门前有一瓶金光闪闪的香水。

两人将香水洒在头上。

但是那香水的味道闻着好像醋啊。

“这香水怎么有醋的味道……”

“应该是放错了吧，服务生感冒所以搞错了。”

他们打开门，走向门后。

门的背面用大大的文字写着：

要求这么多，你们一定觉得很麻烦吧。辛苦你们了。

这是最后一项要求，请仔细地将壶里的盐巴抹在身体上。

两人眼前有个蓝色的高级陶壶，里头放了许多盐巴。这下子脸上涂满奶油的两人都吓了一跳，互看了对方一眼。

“太奇怪了……”

“我也觉得好奇怪。”

“对方说对品质要求很高，怎么好像是对我们的要求啊……”

“意思是这间西餐厅不是提供西式料理给来的人吃，而是把来的人做成料理吃掉……就是说……就是说……我……我……我们要被……”嘎达嘎达嘎达……两人忍不住一直打颤，一句话都说不出来。

“快逃……”尽管全身发抖，一个绅士还是企图要推身后的门，但门纹丝不动。

最里头还有一道门，门上有两个大大的钥匙孔，分别是刀子和叉子的图案。此外还写着：

哎呀，真是辛苦你们了，

你们做得非常好。

来，请进来吧。

而且钥匙孔后方有两颗蓝色的眼珠，骨碌碌转，直盯着他们看。

“呜哇——”嘎达嘎达嘎达嘎达。

“呜哇——”嘎达嘎达嘎达嘎达。

两人哭了出来。

没想到门后传来这样的对话。

“不行啦，他们已经发现了，一直不肯抹盐巴。”

“当然，老大写得那么明显。什么‘要求这么多，你们一定觉得很麻烦吧’‘辛苦你们了’，不露出马脚才怪。”

“无所谓啦，反正老大连骨头都不会分给我们。”

“话是这么说没错，但如果那两个人不到这里来，那就是我们的责任了。”

“喊一下好了。哟，两位客人，赶快进来呀。欢迎光临、欢迎光临。我们盘子也洗好了，青菜也仔细抹上盐巴了呢。接下来只要把你们跟青菜好好地摆在白色盘子上，就大功告成了。欢迎光临呀。”

“是呀，欢迎光临、欢迎光临。还是说你们不喜欢沙拉？那要不要生火帮你们炸一炸呀？总之你们先进来吧。”

两个绅士实在太害怕了，脸皱得跟纸团一样。他们面面相觑，一边嘎达嘎达地发抖，一边默默地掉泪。

里头传来呵呵的笑声，接着又开始喊叫。

“欢迎光临、欢迎光临。你们这样一哭，脸上的奶油都花了。来来来，我们现在就要端过去了，请快点进来。”

“快点进来呀，我们老大已经把餐巾围在胸前，手上拿着刀子、舔着舌头，等客人一过来，就能大快朵颐了。”

两个绅士只是一直哭个不停。此时，后方突然传来“汪、汪”的吠叫声。

那两头和白熊一样壮的大狗破门而入，钥匙孔后方的眼珠立刻消失。两头狗摆出攻击的架势，在室内转来转去，接着又高声吠叫。

“汪！”它们猛然碰开下一道门。门打开之后，两只大狗就像被黑洞吸走般消失在两个绅士面前。门的另一边是无边无际的黑暗，只能听见“喵呜、呱啊、咕噜咕噜”的打斗声响不停地传来。

最后整栋房子像烟一般消失了，两个绅士站在草地里，冷得直打哆嗦。

仔细一瞧，他们的上衣、鞋子、皮夹、领带夹不是挂在另一头的树枝上，就是散落在脚边的树根旁。风一阵一阵吹来，野草沙沙作响，枝叶、树木也随风呼呼摇动。

两头狗也在不知不觉间回到他们身边。接着，他们听见后方有人在喊：“大爷、大爷……”

两人这才恢复精神，放声大叫：“喂——喂——我们在这里！快点过来！”

头戴草帽的资深猎人拨开长长的野草，走向两个绅士。

两人终于可以安心了。接着他们吃了猎人带来的饭团，并在回家途中花十圆买了几只野鸟，便回到东京。

只是就算他们回到东京，好好洗了热水澡，两人皱得跟纸团般的脸，却再也无法恢复成原来的样子了。

水仙月的四日

雪婆婆杂乱的冰冷白发，在雪与风中卷成漩涡，逐渐聚集的黑云之间，可以看见她尖尖的耳朵与闪闪发亮的眼睛。

雪婆婆出远门去了。

拥有一对跟猫一样尖尖的耳朵、发丝灰白而杂乱的她，越过西边山脉闪闪发亮的云絮，出远门去了。

一个小朋友裹着红色毛毯，满脑子都在想着轻目烧[①]的事，急急忙忙地赶路回家。他家位于形状有如象头的山丘下。

——只要把报纸卷得尖尖的，再用力对着木炭吹气，木炭就会烧起来。接着在锅里放入一把红砂糖还有一把粗砂糖，加水一起煮到沸腾——小朋友一心都是轻目烧，急急忙忙地赶路回家。

太阳在离天空很远很远的寒地，耀眼的白色火焰不住地燃烧着。

白色火焰的光芒射向四方，台地上的积雪因为光芒的反射，成为一整片耀眼夺目的雪花石膏板。

两头雪狼吐着鲜红的舌头，跑在形状如象头般的山丘上。人类的肉眼看不见它们，每当狂风吹来，它们就会从山丘上的雪地，踩着松软的雪云向天空奔去。

“咻——别跑太远了。”雪童子慢慢地走在雪狼后方，头上戴着白熊毛皮制成的三角帽，脸庞就像苹果一样红润。

两头雪狼继续摇头吐舌地向前跑。

仙后座啊，

水仙已经开花了。

用力地转动你的玻璃水车吧！

---

① 日本一种用水、糖和苏打粉制作出的小零食。

雪童子仰望蓝天，对着看不见的星星大喊，蓝天里的光芒犹如波浪般纷纷飞落。雪狼们一直站在远方，吐着如火焰般的红舌。

“咻——快点回来，咻——”当雪童子跳起身来训斥雪狼，他映照在雪上的影子成了闪闪发亮的白光。雪狼们竖起耳朵，一眨眼便跑回雪童子身旁。

仙女座啊，
马醉木已经开花了，
咻——咻——地燃烧你灯里的酒精吧！

雪童子像风一样爬上如象头般的山丘。山丘被风吹成甲壳般的形状，丘顶有一棵栗子树，树上结着槲寄生饱满的果实。

“去帮我摘来。”雪童子一边爬上山丘一边说。一头雪狼才看见主人露出小小的牙齿，立刻像球一样跳到树上，咬着结满红色果实的小树枝。站在树上的雪狼歪着头，身影大大地、长长地倒映在雪地上，它方才咬下的枝叶——上头还有绿色的嫩皮、黄色的树芯——掉落在刚走近的雪童子脚边。

“谢谢。”雪童子捡起地上的果实，眺望蓝天白雪交际处遥远的美丽城镇。河流闪闪发光，停车场白烟袅袅。雪童子望向山麓。看见方才那个裹着毛毯的小朋友在山路上急行，一心只想赶紧回到家里。

“那家伙昨天推着装木炭的雪橇出去，现在买了砂糖，只有自己回来。”雪童子笑道。之后把手上槲寄生的树枝随意丢了出去，树枝就像子弹一样，落在小朋友的面前。

小朋友吓了一跳，捡起树枝后东张西望，雪童子笑着让皮鞭发出“咻——”的声响。

就这样，纯洁的雪好比白鹭鸶的毛，自万里无云、澄净的蔚蓝天空飞舞而下，由平原白雪、啤酒色阳光、茶色桧木组合而成，原本就很美丽的静谧星期天，变得更加迷人。小朋友拿着槲寄生的树枝，奋力向前跑。

然而，打从刚才那场壮观的雪停止后，太阳便移动到苍空的另一端，燃烧着耀眼的白色火焰。

接着，西北方吹来些许的风。

天空逐渐变冷。东方遥远的海洋上，仿佛机关松脱一般，天空传来微弱的“卡哒”一声。定睛一瞧，有个小小的物体划过澄白如镜的太阳。

雪童子将皮鞭夹在腋下，紧闭双唇、将手紧紧抱在胸前，往风吹来的彼端望去。雪狼们也伸直背颈，凝视着同一个方向。

风越来越强，雪童子脚边的雪哗啦哗啦地向后飘。一会儿后，对面山脉的顶端仿佛起了白色烟雾。西方此时已然一片昏暗。

雪童子双眼发亮，仿佛熊熊燃烧的火焰。整片天空都是白色的，干燥的细雪被狂风卷起。天空中满布灰色烟雾，分不清是雪还是云。

山棱四处响起倾轧切割的声响，地平线与城镇消失在灰色烟雾的另一端，只剩雪童子白色的身影怔怔地直立在原地。

咻咻作响的风声中，隐约传来奇怪的嘶吼。

“咻——拖拖拉拉在做什么，快点下啊、下啊，咻——咻——咻——快点下啊、吹啊，不要给我偷懒。时间已经不够了，咻——咻——我又特地带了三个雪童子过来。快，下啊，咻——”

雪童子有如触电般跳了起来，是雪婆婆来了。

“叭滋——”雪童子的皮鞭发出声响，雪狼们同时跃起。雪童子脸色苍白地紧闭着双唇，连帽子也飞走了。

“咻——咻——好好干活呀，不要偷懒。咻——咻——快点好好干活呀。今天是水仙月四日啊。快点，咻——”

雪婆婆杂乱的冰冷白发，在雪与风中卷成漩涡，逐渐聚集的黑云之间，可以看见她尖尖的耳朵与闪闪发亮的眼睛。

她从西方原野带了三个雪童子来。他们各个脸上不见血色，彼此不发一语，连声招呼都不打，只是来回用力地让皮鞭发出声响。现在已经分不清哪里是山丘、哪里是飞雪、哪里是天空了，只听见雪婆婆往返时发出的呐喊声、起此彼落的皮鞭声，以及九头雪狼在雪中移动发出的呼吸声。就在这个时候，雪童子蓦然听见风中传来小朋友的哭声。

雪童子的眼神有异，他停下脚步想了一会儿，接着用力地挥舞皮鞭，往哭声传来的方向跑去。

然而，他似乎搞错了方向，来到遥远南方的黑色松山上。他将皮鞭夹在腋下，静下心来聆听。

“咻——咻——不要偷懒，快点下啊、下啊，快点，咻——今天是水仙月四日啊，咻——咻——咻——咻——咻——”

剧烈的风雪声中，的确能够隐约听见细微的哭声。雪童子循声奔去。雪婆婆头发凌乱，表情看起来好可怕。在山顶的雪地上，裹着红色毛毯的小朋友被风包围，双脚卡在雪里无法动弹。他哭着用双手撑着雪地试图脱困。

“盖上毛毯，脸朝下。盖上毛毯，脸朝下。咻——”雪童子一边奔跑一边大喊。但在小朋友听来只是阵阵风声，他看不见雪童子的身影。

“脸朝下躺好，咻——不可以动。雪等下就停了，快点盖上毛毯躺好。”雪童子跑过去又跑回来，再度喊道。但小朋友还是不断挣扎，试图脱离雪地。

“快点躺好，咻——不要动，脸朝下躺好。今天没有那么冷，所以不会结冻。”

雪童子继续来回奔跑。小朋友歪着嘴巴，哭着再度试图脱离雪地。

“要躺好，这样不行……”雪童子刻意用力地把小朋友推倒。

“咻——好好地干活，不要偷懒。快点，咻——”

雪婆婆走过来，露出紫红色大口与尖锐利齿。

“哎呀，有个奇怪的小孩。快点快点，把他带到我这里来。今天是水仙月四日啊，带一两个人到我这里来也无妨。”

“对，没错。你受死吧。”雪童子故意用力地把小朋友撞倒，却悄声说道:“要躺好哦，不可以动，不可以动哦。”

雪狼发狂似地来回奔跑，雪云间隐约可以看见它们黑色的脚。

“快，快点，这样很好。快，快点下。谁偷懒，我就处罚谁。咻——咻——咻——”雪婆婆又跑回另一头去了。

小朋友再度开始挣扎，雪童子笑着再次用力推倒小朋友。虽然还不到下午三点，但天空已渐渐变暗，仿佛太阳就要西沉。小朋友气力用尽，不再继续挣扎。雪童子笑着放开手，将红色毛毯盖在他身上。

“我帮你盖了很多棉被，只要这样就不会冻着。就这样睡到明天早上吧，梦里可以想着轻目烧哦。”

雪童子说了好几次相同的话，把一层又一层的粉雪盖在小朋友身上。很快地，雪地上再也看不见红色毛毯的踪影，放眼望去一片平坦。

“那孩子一直拿着我给他的槲寄生呢。”雪童子说着感觉有点想哭。

“快，要一直下到半夜两点。今天是水仙月四日啊，不能休息，快点下！咻——咻——咻——”

雪婆婆又在遥远的风中大喊。

之后，在茫茫的风里、雪里还有云里，太阳真的西沉了。一整个晚上，雪不断地下着，一直下、一直下。天快要亮的时候，雪婆婆再次自南方奔驰到北方说道:“差不多可以休息了。我现在要到海上去，你们不用跟过来，好好休息，准备下一次的工作。这次算是成功地度过了水仙月四日。”

雪婆婆的眼睛在黑暗中发光，杂乱的头发形成漩涡，咧着嘴朝东方前进。

原野与山丘恢复平静，雪地熠熠生辉。天空在不知不觉间也完全放晴。蓝紫色的天空闪耀着整片星座的光芒。

雪童子们带着自己的雪狼，终于开始寒暄。

“真累啊……”

“是啊。”

“不知道下次见面会是什么时候……”

“嗯……不过今年已经两次了吧。”

“好想赶快回北方啊。”

“嗯。”

“刚才有个小朋友死了吧?”

“没有，他只是在睡觉。我明天会在那边帮他做个记号。”

“不过还是早点回去吧，天亮前得抵达才行。”

“也好，只是我一直不懂一件事。那是仙后座其中一颗星星吧，看起来就像一团蓝色的火焰。为什么火烧得越旺，雪就会下得越大呢?”

“这就跟棉花糖机一样，只要转啊转的，粗砂糖就会变成柔软的棉花糖。所以只要火确实在燃烧就好。”

“原来如此。”

“那就这样啦，再见。”

“再见。”

三个雪童子带着九头雪狼返回西方。

不久后，东方天际出现黄色的光芒，琥珀色的火焰燃烧成金黄色。山丘与原野上一片新雪。

雪狼们累得坐在地上，雪童子也坐在雪上笑了。他的脸颊像苹果般丰润、气息像百合般芬芳。

光芒万丈的太阳走到半空中，在这个才刚下过大雪的早晨里，看起来更是壮丽。桃色的阳光流泄，雪狼张着大嘴，露出嘴里摇曳的蓝色火焰。

“你们跟我来，天已经亮了，得把那个小朋友唤醒才行。”

雪童子跑向昨天小朋友被雪埋住的地方。

“来，让这里的雪消失。”

雪狼们迅速地用后脚踢着雪，风如烟雾般把雪吹走。

穿着雪鞋、皮衣的人从村里赶来。

“没事了。”雪童子看到小朋友红色毛毯的一角唤道。

“你爸爸来啰，快点睁开眼睛。”雪童子跑向后方的山丘，吹起一阵雪后继续唤道。小朋友微微动了动身子。身穿皮衣的男人奋力冲上前去。

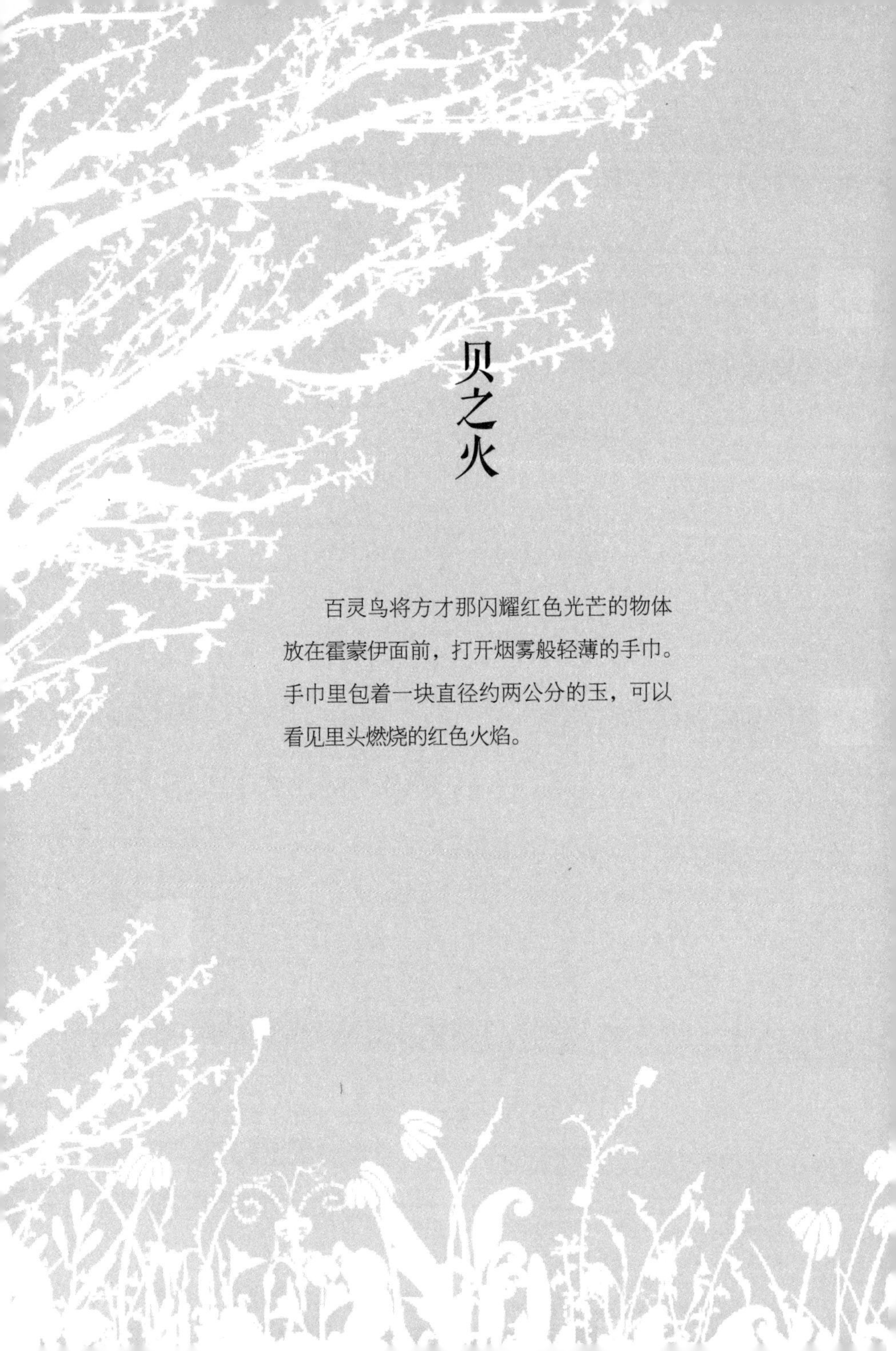

贝之火

百灵鸟将方才那闪耀红色光芒的物体放在霍蒙伊面前，打开烟雾般轻薄的手巾。手巾里包着一块直径约两公分的玉，可以看见里头燃烧的红色火焰。

初夏时分，兔子们都穿着茶色的短衣。

青草闪耀着晶亮的光芒，四周的桦木长满白色的花朵。

原野上弥漫芬芳的香气。

小兔子霍蒙伊开心地跳起舞来。

“哇……好香呀。一定很好吃，这时候的铃兰很脆呢。”

一阵清风吹来，铃兰的叶片与花朵互相碰撞，发出叮叮当当的声响。

霍蒙伊兴奋极了，在草原上蹦蹦跳，不停地向前跳。

接着稍微停下脚步，前脚在胸前交叉，笑着说：

“我好像在河流的水面上表演特技哦。”

最后，霍蒙伊真的来到小河的河岸边。

冰凉的河水哗啦哗啦地流动，河底的砂石光彩夺目。

霍蒙伊歪着头，自言自语地说：“我可以跳过这条河吗？怎么可能……都是对岸的草啦，害我好想跳过去呀。”

就在这个时候，上游传来一阵激烈的声响——

“噗噜噜噜，哔哔哔哔，噗噜噜噜，哔哔哔哔。”一个黑色毛茸茸的物体叭哒叭哒叭哒叭哒地拍打着翅膀，使劲挣扎。那物体越来越靠近霍蒙伊。

霍蒙伊连忙冲到岸边，静静地等待。

原来那是一只瘦弱的小百灵鸟。霍蒙伊立即跳进水中，用前脚紧紧地抓住那只小鸟。

小百灵鸟受到惊吓，扯着黄色的鸟喙大叫，霍蒙伊一度以为自己就要聋了。

它连忙用后脚用力地踢水，接着对小百灵鸟说：“没事的，没事的。”当霍蒙伊看见小百灵鸟的脸，它吓得差点松手。小百灵鸟的脸上都是皱纹，鸟喙张得大大地，感觉有点像蜥蜴。

但这只强壮的小兔还是没有松手。尽管吓得嘴都歪成“乀”字形了，还是努力压抑内心的恐惧，把小百灵鸟举得老高，不让它碰到水。

它们就这样随波逐流。霍蒙伊被水波打翻两次，喝了不少水，但它一直没有放开那只小百灵鸟。

经过小河的转弯处时，恰巧有一条小小的杨柳枝突了出来，正劈哩劈哩地拍打着水面。霍蒙伊猛然抓住杨柳枝，几乎就要把杨柳枝扯断。接着，它把小百灵鸟抛向岸边柔软的草地，自己也一跃而上。

两眼无神的小百灵鸟倒在草地上，不停地打颤。

虽然霍蒙伊也很疲倦，还是硬撑着身体去摘杨柳树的白花，盖在小百灵鸟的身上。小百灵鸟抬起灰色的脸，仿佛在向霍蒙伊道谢。

但霍蒙伊还是被眼前的情景吓到，倒退跳了好几步，发出哀鸣准备逃跑。

霍然间，有个物体如箭般自空中“咻——”地一声飞下。霍蒙伊停下脚步，回过头一看，那是百灵鸟妈妈。鸟妈妈一句话也没说，只是用力地抱着不停颤抖的小百灵鸟。

霍蒙伊心想已经没事了，便一溜烟地跑回家里。

兔子妈妈正好在整理一捆捆白色的草，看见霍蒙伊吓了一跳说：“哎呀，发生了什么事？你的脸色好差呀。”接着从架子上把医药箱拿下来。

“有一只毛毛的小鸟快要溺水了，我救了它哦。”霍蒙伊说。妈妈从医药箱里拿出一剂万能散给霍蒙伊，问道：“毛毛的小鸟？是不是百灵鸟呀？”

霍蒙伊接过药说：“应该是哦。啊，我头好晕，妈妈，房间在转呢……”话还没有说完，霍蒙伊就昏倒在地，身上烧得非常厉害。

在爸妈和医生的悉心照料下，霍蒙伊终于在铃兰长出绿色果实时痊愈。

大病初愈的霍蒙伊在一个没有云的宁静夜晚，决定到外头走一走。

红色的星星频频划过南方天际，美得让霍蒙伊看得出神。突然，空中传来拍动翅膀的声响，两只鸟儿降落在霍蒙伊面前。

其中较大的那只鸟儿小心翼翼地将闪耀红色光芒的物体放在草地上，毕恭毕敬地说："霍蒙伊大人，您是我们母子的大恩人。"

霍蒙伊凭借红色的光芒，仔细地瞧对方的脸。

"你们是之前的百灵鸟吗？"

百灵鸟妈妈说："没错，前一阵子小儿承蒙您搭救，真是感激不尽。听说您为此卧病在床，是否已经康复？"

母子俩接着又不断敬礼致意。

"我们每天都会在这附近盘旋，等待您外出。这是我们国王的赠礼。"百灵鸟将方才闪耀红色光芒的物体放在霍蒙伊面前，打开烟雾般轻薄的手巾。手巾里包着一块直径约两公分的玉，可以看见里头燃烧的红色火焰。

百灵鸟妈妈再次开口说："这是名为'贝之火'的宝物。根据国王所说，这个宝物只要不断保养，就会一天比一天美丽。请您收下。"

霍蒙伊笑着说："百灵鸟呀，我不需要它，请拿回去吧。它实在好美，我只要看一下就满足了。等我想看，我再去找你们。"

百灵鸟说："请您务必收下。这是我们国王的赠礼，如果您不收下，我和小儿就只能切腹谢罪了。来，儿子啊，我们向霍蒙伊大人道别吧。来，敬礼，告辞了。"

百灵鸟母子敬了两三次礼后，便匆匆忙忙飞走了。

霍蒙伊拿起玉一看。玉看似燃烧着红、黄色的火焰，却又冰冷而澄净。如果把玉放在眼前，透过玉看天空，则更能显现银河的清透。一旦离开眼前，玉珠又会闪耀美丽的火光。

霍蒙伊把玉带回家后，立刻拿给爸爸看。爸爸摘下眼镜，仔细地观察手中的玉。之后说："不得了了，这是很有名的宝物，叫'贝之火'。据说之前这块玉的主人，除了两只鸟、一只鱼，其他人都无法好好地拥有它一辈子。你也要小心，千万别让火光消失了。"

霍蒙伊说："没问题的，我一定不会让火光消失。百灵鸟也说过要好好保养，我每天都会对着玉哈气一百次，用红梅花雀的羽毛擦拭一百次。"

妈妈也拿起玉仔细端详，接着说："这玉非常容易受损，可是之前鹰大臣拥有它的时候，刚好遇到火山爆发，鹰大臣到处奔波指示众鸟们去避难，这块玉遭到石头敲打、熔岩侵蚀，却没有留下任何磕碰损伤，反而比以前更美了。"

爸爸说："是啊，这个故事很有名。你也要成为鹰大臣那样的名人了，随时保持善心才行。"

霍蒙伊觉得好累，想睡觉了，于是它躺在自己的床上说："没问题，我一定会做得很好。我要抱着玉睡，给我吧。"

妈妈把玉交给霍蒙伊。霍蒙伊把玉抱在胸前，立刻进入梦乡。

那天晚上它做了个很美的梦。黄色、绿色的火焰在空中燃烧，原野是一片金黄色的草地，还有许多小小的风车像蜜蜂般飞翔。正气凛然的鹰大臣环视整片原野，而它身上那袭银色披风随风摇摆。霍蒙伊看了好高兴，几乎要放声大叫："哇，好厉害，好厉害哦。"

隔天早上七点左右，霍蒙伊一睁开眼睛就赶紧察看那块玉。玉比昨天晚上还要美。霍蒙伊看着玉自言自语说道："我看到了！我看到了火喷出来的地方。火喷出来了，喷出来了！好有趣呀！跟烟火一样。哎呀哎呀哎呀……火一直喷一直喷，还分成两道，好漂亮哦！跟烟火一样，跟烟火一样耶！也很像闪电。从那边喷出来。变成金黄色了。好棒，好棒！又喷出来了……"

爸爸已经出门了，妈妈面带笑容地端着美味的白色草根、蓝色玫瑰果实过来说:“快去洗把脸，今天要让你运动一下哦。来，我看看，哎呀，还真是漂亮呀。你去洗脸的时候，可以给妈妈看吗?”

霍蒙伊答道:“当然可以。那是我们家的宝物，也就是妈妈的宝物呀。”接着霍蒙伊起身从家门口铃兰叶的前端取下六颗大大的露珠，把脸洗干净。

霍蒙伊吃过早餐后,对着玉哈气一百次,接着用红梅花雀的羽毛擦拭一百次,再用红梅花雀胸前柔软的胸毛把玉包起来，放进原本用来收藏望远镜的玛瑙盒。它将玛瑙盒交给妈妈后就出门去了。

一阵风儿吹来，露珠滴沥沥地掉落。风铃草响起晨钟的钟声。

“当——当——当锵——当锵当锵——”

霍蒙伊蹦蹦蹦地跳到桦树下。

一只老马从对面走了过来，霍蒙伊感到有些害怕。正当它打算转身折返时，老马彬彬有礼地致意:“您就是霍蒙伊大人吗?听说贝之火现在是属于您的。实在是太好了，这块玉之前足足有一千两百年不属于我们野兽，今天早上大家听到这个消息都喜极而泣呢。”老马泪流满面地说。霍蒙伊惊讶得不知道该如何是好，但老马实在哭得太厉害了，所以霍蒙伊也跟着鼻酸。老马拿出一块包袱巾大小的浅黄色手帕，一边拭泪一边说:“您是我们大家的恩人，请您一定要好好保重身体。”老马再次毕恭毕敬地行礼，之后便迈开步伐继续向前走。

霍蒙伊心里有种既欢喜又奇妙的感觉，怔怔地往接骨木的树荫下走去。树荫下有两只年轻松鼠，正相亲相爱地吃着白麻糬。它们一看见霍蒙伊就吓得随即起身，连忙整理上衣的领口、吞下嘴里的白麻糬，眼珠子不安地转来转去。

霍蒙伊像平常一样跟它们打招呼:“早安呀。”

但两只松鼠全身僵硬，一句话都说不出来。

霍蒙伊见状着急地说:“我们今天也一起去哪里玩吧?”两只松鼠闻言，一副不可置信的样子，睁大双眼面面相觑，接着拔腿就跑，一溜烟地逃离现场。

不知所措的霍蒙伊苦着脸回到家里。它跟妈妈说:“妈妈，大家都好奇怪哦，松鼠它们还排挤我。”

妈妈笑着回答:“那当然呀，你现在是名人，跟以前不一样了，所以松鼠们才会害羞。以后你可要小心，不要做那些会让人笑话的事。”

霍蒙伊说:“妈妈，你放心啦。意思是说我现在是上将吗?”

妈妈高兴地说:“算是吧。”

霍蒙伊开心地跳起舞来。

“太好了，太好了，那以后大家都是我的手下。妈妈，我再也不用怕狐狸了。我要让松鼠当少将，老马当上校。”

妈妈笑道:“是啊，不过你记得别太张扬呀。”

“没问题啦。妈妈,我出去一下。”霍蒙伊说完就飞奔出家门。它一到原野上，平时总是不怀好意的狐狸就像风一样跑过它的面前。

霍蒙伊全身不停颤抖，但还是鼓起勇气大喊:“狐狸你等等，我现在是上将哦。”

狐狸吃惊地转过头来，脸色一沉。他说:“是，小的知道。您有什么吩咐?”

霍蒙伊尽可能威严地说:“之前你一直欺负我，今后你就是我的仆从了。”

狐狸一副就要昏过去的样子，把手举到头上说:“是，小的真是罪过，请您大人有大量，原谅我吧。”

霍蒙伊高兴极了。

“那我就特别宽恕你吧。我任命你为少尉，以后给我好好工作。”

狐狸兴奋地转来转去。

“是是，感谢您，哪怕是上刀山、下油锅，只要您吩咐一声，我一定照办。要不要去帮您偷点玉米呀?”

霍蒙伊说:“不要，那是坏事，我们不能做坏事。”

狐狸搔着头说："是是，我以后一定不会再犯。那我就等您的吩咐。"

霍蒙伊说："好，有事我会找你，你先走吧。"

狐狸转了几圈后向霍蒙伊行礼，接着便到其他地方去了。

霍蒙伊开心得不得了，在原野上来来回回，又是自言自语又是笑的，想着各式各样快乐的事。当它这么做的时候，阳光就像碎裂的镜片般落在桦木的另一端。霍蒙伊连忙赶回家。

爸爸已经到家了。那天的晚餐好丰盛，晚上霍蒙伊又做了美梦。

隔天妈妈要霍蒙伊带着竹篮到原野收集铃兰的果实，它一边收集一边自言自语："哼，为什么我身为上将还要收集铃兰的果实呢？被别人看见，一定会耻笑我的。如果这时候狐狸在就好了。"

就在这个时候，霍蒙伊感觉有物体在它脚边的土里移动。一看才发现那是鼹鼠，鼹鼠不停地向前钻去。霍蒙伊叫道："鼹鼠、鼹鼠，你们知道我变伟大的事情吗？"

鼹鼠在土里回答："是霍蒙伊先生吗？小的知道。"

霍蒙伊继续耀武扬威地说："很好，那我现在任命你为军曹，来帮我工作吧。"

鼹鼠不安地问："是，请问是什么工作呢？"

霍蒙伊说："帮我收集铃兰的果实。"

冷汗直流的鼹鼠在土里搔头说道："真的非常抱歉，可是小的没有办法在光亮的地方工作。"

霍蒙伊气得大吼大叫："是吗？随便你！我再也不会拜托你了，你给我记住。真是太过分了！"

鼹鼠不停地道歉："请您大人有大量，小的如果长时间暴露在阳光下会死的……"

霍蒙伊气得直跺脚："随便你，随便你，你给我闭嘴。"

此时，有五只松鼠从对面接骨木的树荫下方走来，在霍蒙伊面前鞠躬哈腰地说："霍蒙伊大人，请让我们帮您收集铃兰的果实吧。"

霍蒙伊说："好啊，快点干活，我任命你们为少将。"

松鼠们欣喜万分地开始工作。

六匹小马也来到霍蒙伊面前，最大的一匹对霍蒙伊说："霍蒙伊大人，请您也派点工作给我们吧。"

霍蒙伊开心地说："好啊，我任命你们为上校，你们得随传随到。"小马雀跃极了。

鼹鼠在土里哭着说道："霍蒙伊大人，求求您让小的做一些我做得到的事吧，小的一定会好好完成使命的。"

霍蒙伊还在生气，又跺了跺脚说："我才不需要你呢！等狐狸来了以后，我一定要你们鼹鼠好看！你等着瞧！"

土里静悄悄的，一点声音也没有。

之后，松鼠不断收集铃兰的果实，直到傍晚。它们热热闹闹地把一大堆果实送到霍蒙伊家。

妈妈惊讶地走出家门。

"哎呀，松鼠先生，你们怎么啦？"

霍蒙伊在一旁插嘴答道："妈妈，你看看我多厉害，而且我的能耐不只这样哦。"

妈妈沉吟半晌，一句话也没说。

这时爸爸刚好回到家里，看到眼前的情景便说："霍蒙伊，你是不是有点过分了？听说你还恐吓鼹鼠，鼹鼠哭到要发狂了。况且我们哪里需要这么多果实啊？"

霍蒙伊哭了起来。松鼠在原地站了好一会儿，很同情霍蒙伊，最后决定悄悄离开。

爸爸继续说："你完了，你去看贝之火，它一定起雾了。"

妈妈也跟霍蒙伊一起流泪，接着一边用围裙拭泪，一边从架子上取出装着美玉的玛瑙盒。

爸爸打开盒盖后吓了一跳。

那块玉比前天还要火红，里头的火焰更加旺盛。

它们深受吸引，个个看得出神。爸爸默默地把玉交给霍蒙伊，开始吃起饭来。霍蒙伊也停止哭泣，一家人又和乐融融地欢笑，接着吃饱饭就去睡了。

隔天一早，霍蒙伊又走到原野上。

这天也是好天气，但少了果实的铃兰，不再像之前那样发出叮叮当当的声响。

狐狸从遥远的原野狂奔而来，停在霍蒙伊面前。

"霍蒙伊先生，昨天松鼠是不是帮您收集了铃兰的果实呀？怎么样？今天就让我拿些美味的食物来吧。那种食物黄黄的、软软的。不好意思，看您的样子似乎不知道这种食物……对了，您昨天不是说要惩罚鼹鼠吗？那家伙一直横行霸道，让我来把它赶到河里去吧。"

霍蒙伊说："放过鼹鼠吧，我已经决定要原谅它了。不过那美味的食物，倒是可以拿一些过来。"

"好的好的，请等我十分钟，十分钟就好。"狐狸说完就像风一样跑走了。

霍蒙伊放声大叫："鼹鼠啊鼹鼠，我决定原谅你们，不要再哭啦。"土里一片沉默。

之后狐狸跑回来，手里拿着一块偷来的吐司："来来来，请用。这是来自仙境的'天妇罗'，是最高级的食物。"

霍蒙伊试吃了一点，真是美味极了。它问狐狸："这是哪种树的果实？"狐狸侧着脸"嘿"地偷笑了一声后说："那种树叫'厨房'。好吃的话，我每天都给您送来吧。"

霍蒙伊说："那你就每天拿三块来吧。知道了吗？"

狐狸一副悉听尊便的样子，眼睛眨呀眨地说："是，没问题。不过当我捉鸡的时候，您可不能阻挡我哦。"

"好啊。"霍蒙伊允诺后，狐狸说："那我再去拿两块过来，补足今天的份吧？"接着又像风一样跑走了。

霍蒙伊想着把那美味食物带回家时爸爸、妈妈的反应——爸爸吃过这么美味的食物吗？我真是孝顺啊。

狐狸把两块吐司放在霍蒙伊的面前，丢下一句"再见"就一溜烟地跑了。

霍蒙伊喃喃自语地说："狐狸到底每天都在做什么呀……"

回到家时，爸爸妈妈正在前院晒铃兰的果实。霍蒙伊拿出吐司说："爸爸，我带了好吃的食物回来哦。来，你们吃吃看。"

爸爸接过吐司，摘下眼镜仔细确认后说："这是狐狸给你的吧？这是偷来的，我们怎么能吃呢？"就在霍蒙伊要把另一块吐司递给妈妈的时候，爸爸一把抢过来，连同自己手中的丢在地上踩烂。

霍蒙伊"哇——"地一声哭出来，妈妈也跟着掉泪。

爸爸来回踱步。

"霍蒙伊，你完了。你去看贝之火，它一定碎了。"

妈妈哭着取出盒子，那块玉在阳光照耀下，仿佛升天般美丽地燃烧着。

爸爸默默地把玉交给霍蒙伊，霍蒙伊凝视着玉，不知不觉就忘了自己原本还在哭泣。

隔天，霍蒙伊又走到原野上。

狐狸跑到它身边，递给它三块吐司。霍蒙伊赶紧回家，将吐司放在厨房的架子上。当它再次回到原野，发现狐狸正在等它。

“霍蒙伊先生，我们来做些有趣的事吧？”

霍蒙伊回说：“什么事？”狐狸接着说：“我们来处罚鼹鼠吧。它是这片原野的害群之马，又这么懒。既然您之前说要原谅它，那今天就由我来欺负鼹鼠，您只要在旁边看就好了。怎么样？”

霍蒙伊说：“嗯，如果是害群之马，稍微欺负一下也没关系吧。”

狐狸四处嗅着地面并试着踩了踩，之后搬起一颗大石头。石头下方有八只鼹鼠，看样子是一家人，它们一动也不敢动，吓得止不住地发抖。狐狸顿足说道：“快点跑！不跑的话，我就把你们咬死！”鼹鼠一家人不停道歉“对不起、对不起……”，虽然想要逃跑，却因为眼睛看不见，脚下又不灵活，感觉就像在原地扒草。

最小的鼹鼠四脚朝天，似乎昏了过去。狐狸咬了它一口。霍蒙伊也情不自禁地发出“去去去”的声音，双脚直跺地。此时另一边传来“你们在做什么”的叫声，狐狸转来转去，接着一溜烟地逃离了现场。

那是霍蒙伊的爸爸。

爸爸连忙帮助鼹鼠们回到洞里，并将石头恢复原状。之后气得抓住霍蒙伊的脖子，一路把它拎回家去。

妈妈走出家门，哭倒在爸爸身边。爸爸说：“霍蒙伊，你完了。今天贝之火一定碎了。不信你看。”

妈妈一边拭泪一边取出盒子，爸爸打开盒盖。

出乎爸爸的预料，贝之火的美丽的程度不亚于之前任何一天，感觉就像红色、绿色、蓝色等各式各样的火焰在激烈缠斗，既像地雷火 、狼烟，又像闪电、流光，有时蓝色的火焰会突然扩散，有时又像随风摇曳的罂粟花、郁金香、玫瑰或梓木草。

爸爸默默地把玉交给霍蒙伊，霍蒙伊高兴地看着玉，一下子就忘了眼泪。

妈妈这才安心地开始准备午餐。

大家坐下来吃吐司后，爸爸说："霍蒙伊，你要小心狐狸啊。"

霍蒙伊说："爸爸你放心，狐狸没什么了不起的。我有贝之火呀，那块玉真的会碎、会起雾吗？"

妈妈接着说："真的，真是一块好宝物呀。"

霍蒙伊得意地说："妈妈，我一生下来就注定不会跟那块玉分开了啦。不管我做了什么，那块玉都不会飞走的。而且我每天都会对着玉哈气一百次、擦拭一百次。"

"要真是这样就好了。"爸爸说。

那天晚上霍蒙伊梦到自己单脚站在如圆锥般的山顶上。

它饱受惊吓，哭着醒过来。

隔天早上，霍蒙伊又走到原野上。

这天弥漫着潮湿的雾气，草木陷入一片寂静，就连山毛榉的叶子也纹丝不动。

只剩风铃草高亢的晨钟响彻云霄，在空气中回荡。

"当——当——当锵——当锵当锵——"

身穿短裤的狐狸拿着三块吐司走向霍蒙伊。

"早安。"霍蒙伊说。

狐狸露出令人不快的笑容说："昨天可吓到我了，霍蒙伊先生的爸爸真是顽固啊。怎么样？您的心情应该已经恢复了吧？今天我们再来做件有趣的事吧。您讨厌动物园吗？"

霍蒙伊说："不讨厌呀。"

狐狸从怀里拿出一张小小的网说："只要把它放在那里，就可以捉到很多昆虫、动物，蜻蜓啊、蜜蜂啊，还有麻雀、松鸦，甚至是更大的。只要把它们收集起来，我们就可以开一间动物园了。"

霍蒙伊想着动物园的情景，觉得有趣极了。于是它说："好啊，可是那张网够大吗？"

狐狸诡异地说："没问题的，请您快点把'天妇罗'拿回家吧。您等会儿回来，我差不多能捉到一百只了。"

霍蒙伊连忙把吐司带回家，放在厨房的架子上，随即回到原野。

它一回来发现狐狸把网张在雾中的桦木上，对着它哈哈大笑。

"哈哈哈，您看，我已经捉到四只了。"

狐狸指着不知从何而来的大玻璃箱说。

那里头真的有四只鸟，有松鸦、黄莺、红梅花雀和金翅雀，它们正着急地胡乱拍打着翅膀。

但是它们一看到霍蒙伊，便放心地安静下来。

黄莺在玻璃另一边说："霍蒙伊先生，请您一定要帮助我们。我们被狐狸捉到了，它明天就会把我们吃掉的。求求您，霍蒙伊先生。"

霍蒙伊立刻伸手打开箱子。

但狐狸皱起眉头，吊着眼睛说："霍蒙伊，你小心一点。你只要碰那个箱子一下，我就把你吃掉。你这个小偷。"

狐狸嘴巴张得好大。

霍蒙伊好害怕，一路狂奔回家。今天妈妈也到原野去了，不在家里。

它想早一刻确认贝之火的情况，一回到家里就取出盒子、打开盖子。

不知道是不是错觉，它仿佛在玉上看到像细针般的白雾。

霍蒙伊在意极了，连忙像平常一样对着玉哈气，再用红梅花雀的羽毛轻轻地擦拭。

但那条白雾没有完全消失。此时，爸爸回来了，看见霍蒙伊脸色有异。

“霍蒙伊，贝之火起雾了吗？你的脸色怎么这么差？来，我看看。”爸爸接过玉，笑着说：“哎呀，这个一下子就可以弄干净了。而且黄色的火燃烧得比以往都要旺呀。来，把红梅花雀的羽毛给我。”爸爸认真地擦拭，白雾却越来越大。

妈妈回到家里，默默从爸爸手中接过玉。她看了之后叹了口气，再对着玉哈气、擦拭。

一家人沉默不语，只是轮流对着玉努力地哈气、擦拭。

到了傍晚，爸爸像是突然想到什么事情般站起来说：“我们先吃饭吧，今天晚上就把玉泡在油里面试试看，这样应该最好。”

妈妈惊讶起身：“我都忘了这回事，什么都没准备。我们就吃前天的铃兰果实还有今天早上的吐司吧。”

“嗯，好啊。”爸爸答道。霍蒙伊叹了口气，把玉放回盒子里，静静地凝视着它。

吃饭的时候没有人开口说话。饭后，爸爸说：“把玉放进油里吧。”一边说一边把榧子油从架子上拿下来。

霍蒙伊接过油，把油倒进放着贝之火的盒子里。尽管时间还早，一家人却早早关灯睡觉了。

霍蒙伊半夜里睁开双眼。

接着战战兢兢地起来，观察枕头边的贝之火。泡在油里的贝之火已经看不见红色的火焰，而是散发出银色的光芒，就像鱼眼一样。

霍蒙伊放声大哭。

爸爸妈妈闻声惊醒后开灯。

没想到贝之火变得跟铅一样白。霍蒙伊哭着告诉爸爸狐狸张网的事。

爸爸十分慌张，急急忙忙地换着衣服：“霍蒙伊你这笨蛋，我也是笨蛋。你之所以得到那块玉，是因为救了小百灵鸟的命啊。你前天还说什么一出生就注定的话……我们走吧，说不定狐狸还没有离开。你一定要拼命跟狐狸战斗，当然，我也会帮你的。”

霍蒙伊哭着起身，泣不成声的妈妈也跟在两人后面。

原野上弥漫着雾气，天就快要亮了。

狐狸还在桦木下张着网，它一看见霍蒙伊一家人就哈哈大笑起来。霍蒙伊的爸爸大叫：“狐狸你竟然骗霍蒙伊，我们来决斗吧！”

狐狸的表情邪恶极了。

“哈，把你们三个杀来吃是不错，但我可不想受伤，我还有更好的食物。”

一说完，狐狸抱着箱子拔腿就跑。

“等等！”霍蒙伊压住玻璃箱，狐狸摇摇晃晃地无法站稳脚步，只好放弃玻璃箱继续向前跑去。

箱子里有一百只上下的鸟，大家都在哭泣。除了麻雀、松鸦、黄莺，还有高大的猫头鹰，以及那对百灵鸟母子。霍蒙伊的爸爸打开盖子。

鸟儿们飞出来跪倒在地上，异口同声地说：“感谢您们，每次都承蒙您们搭救。”

爸爸说：“不客气，我们真是丢脸丢尽了。您们国王送我们的玉已经起雾了。”

鸟儿们又异口同声地说：“怎么会这样呢？请让我们看一下。”

“请跟我来。”霍蒙伊的爸爸引导大家前往他们家。鸟儿一行浩浩荡荡地前进，垂头丧气的霍蒙伊一边哭一边跟在大家后头。猫头鹰大摇大摆地走着，并不时回过头，用恐怖的眼神瞪着霍蒙伊。

大家走进它们家。

鸟儿把家里挤得水泄不通，猫头鹰不知道看见了什么，不停地“咳咳、咳咳”

地干咳。

霍蒙伊的爸爸把已然是块白石头的贝之火拿起来说：“就像这样，请各位尽情地笑吧。”就在这个时候，贝之火碎成两半，接着发出“叭叽叭叽叭叽”的巨响，好似一阵烟雾般粉碎在大家面前。

站在门口的霍蒙伊“啊”了一声便昏倒在地上，因为贝之火的粉末掉进它的眼睛里。大家吓了一跳，正要向那边移动时，粉末又随着“叭叽叭叽叭叽”的巨响集合在一起，成为碎片，再拼成两半，最后恢复成之前的样貌。火焰在玉里面燃烧，像夕阳般发光发亮，接着“咻——”地飞出窗外。

鸟儿们看完热闹就一个接一个地离开了，最后只剩下猫头鹰。猫头鹰环视室内，轻蔑地笑着说：“才六天啊，哈哈，才六天啊，哈哈。”接着就大摇大摆地离开了。

霍蒙伊的眼睛像先前的玉一样又白又浊，完全失去视力。

妈妈从头到尾都在哭。爸爸将双手交叉在胸前沉思了好一会儿，接着，静静地拍了拍霍蒙伊的背。

“别哭了。无论贝之火到哪里，都会发生这种事。你已经很幸运了。你的眼睛一定会好起来的，爸爸会想办法把你的眼睛治好。听见没？别哭了。”

窗外的雾气散去，铃兰的叶子闪闪发光，风铃草响起晨钟的钟声。

“当——当——当锵——当锵当锵——”那钟声高亢而洪亮。

猫咪事务所

办公室里越来越忙碌，工作顺利进行着。大家偶尔会瞥向灶猫的方向，却一句话也不对它说。

到了中午，灶猫也不吃自己带来的便当，只是把双手放在大腿上，低头不语。

……关于某个小小官衙的幻想……

猫咪的第六办公室位于轻便铁道的停车场附近，这间办公室的主要工作是调查历史与地理。

办公室里的每位书记都穿着黑色短袍，十分受人尊敬。如果有书记因故离职，年轻的猫咪们会个个自告奋勇，争先恐后希望获得这份工作。

然而依照规定，这间办公室的书记只有四个名额，所以录取率极低，通常都是从字最好看，又懂诗词的优秀候补者中，选出一个进入这间办公室。

事务长是只大大的黑猫，尽管有些老态龙钟，眼睛却像是好几层铜线构成那般，不怒自威。

黑猫事务长有四个部下。

第一书记是白猫。

第二书记是虎斑猫。

第三书记是三毛猫。

第四书记则是灶猫。

之所以称为“灶猫”，并不是因为它天生的毛色如此。原本的毛色怎样并不重要，而是因为它晚上总是喜欢钻进灶里睡觉，身上总是沾满了煤灰，尤其是鼻子、耳朵，看起来就像是一只狸猫。

也因为这样，其他猫咪都很讨厌灶猫。

但这间办公室里当家做主的事务长是黑猫，所以原本再怎么努力读书也无法当上书记的灶猫，还是在四十名候补者当中脱颖而出。

黑猫事务长稳重地坐在偌大的办公室正中央，桌上铺着大红色的羊毛桌巾。第一书记白猫、第三书记三毛猫坐在它的右手边，第二书记虎斑猫、第四书记灶猫则坐在左手边。四位书记都端坐在小小的办公桌前。

至于，请猫咪调查地理与历史是怎么一回事呢?

情况大概是这样子。

咚咚咚，办公室敲门声响起。

“进来。”黑猫事务长将双手插进口袋里，身子一边稍微向后仰一边大喊。

此时四个书记都低着头，手上不停翻看调查资料，看起来非常忙碌的样子。

敲门的奢侈猫走进办公室。

“有什么事?”事务长问。

“我想去白令海峡附近吃冰河鼠，哪里最适合呢?”

“好，第一书记，告诉它冰河鼠的产地。”

第一书记翻开蓝色封面的大资料簿答道:“乌斯特拉葛梅那、诺巴斯卡伊亚、福萨河流域。”

事务长对着奢侈猫说:“乌斯特拉葛梅那、诺巴……什么?”

“诺巴斯卡伊亚!”第一书记和奢侈猫异口同声说道。

“对，诺巴斯卡伊亚，然后呢?”

“福萨河。”听到奢侈猫和第一书记再度同时提醒，事务长显得有点尴尬。

“对对对，福萨河。总之就是那一带。”

“那旅途中有什么需要注意的事情吗?”

“好，第二书记，告诉它到白令海峡附近旅行的注意事项。”

“是。”第二书记翻着自己手边的资料，“夏猫完全不适合旅行。”此时，大家不约而同地瞄了灶猫一眼。

“冬猫也要非常小心，经过函馆时，可能会被人类用马肉拐走。特别是黑猫，旅途中一定要再三强调自己是猫，否则容易被误认成黑狐，遭到猎人的追杀。”

“很好，如它所说，你不是我们黑猫一族，不需太过担心。只要经过函馆时小心马肉即可。”

“这样啊，那再请问那边有哪些社会名流?”

“第三书记，告诉它白令海峡附近有哪些社会名流?”

“是，嗯……白令海峡附近有两位有力人士，分别是托巴斯基和肯森斯基。”

“托巴斯基和肯森斯基是什么样的人呢?”

“第四书记，大略介绍一下托巴斯基和肯森斯基这两个人。”

“是。”第四书记灶猫早已将它短短的手分别放在托巴斯基和肯森斯基那两页，等待事务长的吩咐。事务长和奢侈猫看了，都相当地佩服。

但其他三个书记却斜睨着它窃笑着，一副瞧不起的样子。灶猫努力地朗读着资料:“托巴斯基是一名德高望重的酋长，目光炯炯有神，但说话速度缓慢。肯森斯基是一名资产家，说话速度缓慢，但目光炯炯有神。”

“嗯，我知道了，谢谢。”

奢侈猫走出办公室。

大概就是这样，对猫咪而言，第六办公室实在非常方便。但半年之后，第六办公室面临废除的命运。原因相信大家已经隐约察觉到了。比较资深的三个书记非常讨厌第四书记灶猫，其中又以第三书记三毛猫最为严重，它一心觉得自己可以胜任灶猫的工作。就算灶猫努力想获得大家的肯定，也老是事与愿违。

比如有一天中午，坐在灶猫隔壁的虎斑猫把便当盒放在桌上，准备开始吃的时候，忽然很想打哈欠。

于是虎斑猫将短短的双手用力举得高高地，一边打哈欠一边伸了一个大懒腰。这对猫咪来说，并不是什么不敬的无礼动作；以人类的行为比喻，就跟搓揉自己的胡须一样。如果只是这样还无所谓，最要不得的是它连脚也伸得老长。结果桌面因此变得倾斜，便当盒开始滑动，最后掉在了事务长办公桌前的地板上。尽管便当盒表面变得有些凹凸不平，但因为是铝制的，所以没有摔坏。虎斑猫连忙收起伸懒腰的动作，从桌子上方伸长了手，试着捡回它的便当盒。但是，它的手不够长，刚好悬在要够却够不着的尴尬位置，只见便当盒在地面上滚来滚去，它就是无法抓住。

“你这样不行啦，够不到啦。”一旁大口咬着面包的黑猫事务长笑道。正要打开便当盒的第四书记灶猫见状，立刻起身把便当盒捡起来，打算交给虎斑猫。谁知虎斑猫突然暴怒，不肯接过灶猫手上的便当盒。它把手放在身后，晃着身体耍赖大骂：“怎么？你现在是要我吃这个便当吗？要我吃掉在地上的便当？”

“我不是这个意思，我是看您想捡这个便当，所以帮您捡起来。”

“谁说我想捡？嗄？我只是觉得这个便当掉在事务长前面，实在太失礼了，想把它推进桌子底下而已。”

“这样啊，我还以为是因为便当滚来滚去，所以……”

“你真是太过分了，有胆就跟我决……”

“好啦好啦好啦好啦。”事务长扯开嗓门大吼，不是为了火上加油，而是刻意不让虎斑猫说出“决斗”两字。

“别再吵了，灶猫君捡便当不是为了让虎斑猫君吃啦。话说，今早我忘记说了，我帮虎斑猫君调薪了，以后每个月多十钱。”

虎斑猫一开始面目狰狞，但还是低着头听事务长说话。后来听到调薪的事，顿时眉开眼笑起来。

“抱歉，让大家担心了。”但它还是瞪了灶猫一眼才坐下。

各位读者，我很同情灶猫。

便当盒事件过了五六天，类似的事件又发生了一次。之所以经常发生这种事，一来是因为猫咪天生懒惰，二来是因为猫咪的前脚——也就是手——实在太短了。这次轮到另一边的第三书记三毛猫。一早开始工作前，它的笔因为相同的情况滚到地板上。其实如果三毛猫愿意立刻站起身来捡，就没有什么问题，但它跟虎斑猫一样不喜欢动，也是从桌子上方伸长了手，试着捡起地上的笔。当然，他还是捡不到。而且三毛猫个子又特别矮，即使双脚已经腾空，还是够不到。因为前车之监，灶猫对于要不要帮三毛猫捡笔，感到有些迟疑。它眨着眼睛观望了好一会儿，最后还是决定起身。

就在那个当下，重心不稳的三毛猫喀唧一声翻了个大跟斗，头下脚上地摔下桌子。由于发出的声响太大，黑猫事务长吓得站起来，连忙从后面架子上拿了瓶氨水，打算让三毛猫清醒过来。谁知三毛猫已经立刻起身，指着灶猫破口大骂："灶猫，你竟然敢推我！"

这次事务长也立刻安抚三毛猫。

"嗳，三毛猫君，你误会了。灶猫君只是好心站起来要帮你而已，它连碰都没碰你一下。不过这只是件小事，就别放在心上了嘛。嗯……这是三德堂的迁移申请书……"事务长立刻埋首工作，三毛猫闻言也只得继续工作，但它还是不时恶狠狠地瞪着灶猫。

这种情况让灶猫十分难受。

有好几次，它试着像其他猫咪一样睡在窗外，但到了半夜就会被冻醒，不停地打喷嚏，最后只好又钻进灶里睡觉。

它为什么这么怕冷呢？那是因为它的皮很薄。至于它为什么皮这么薄呢？因为是它是在土用这段时间出生的。说到底还是我自己不好，这也是无可奈何的事——灶猫心想，圆滚滚的大眼睛里满是泪水。

可是事务长对我这么好，而且其他灶猫都以自己能在这间办公室工作为傲，再怎么痛苦，我都不能放弃，一定要撑下去——灶猫边哭边握紧拳头勉励自己。

万万想不到，最后就连事务长也变得不可靠了。猫咪这种生物看似精明，其实非常愚笨。有一天，灶猫不小心感冒了，脚底肿得跟碗一样大，完全无法走路，一整天都无法去工作。动弹不得的它只能在家里一直哭、一直哭。一整天，它只能凝视着从仓库那扇小窗户射进屋内的黄色光线，不停地擦拭泪水。

同一时间，办公室里出现这段对话。

“咦？灶猫君怎么还没有来？都这么晚了。”事务长趁着工作空档问道。

“哼，应该是跑去海边玩了吧。”白猫说。

“不不不，应该是去参加什么宴会了。”虎斑猫说。

“今天有宴会吗?”事务长惊讶地问。因为它觉得其他猫咪办宴会时，不可能不邀请它参加。

“我记得它好像说北边的学校要举行开学典礼。”

“这样啊……”黑猫沉思。

“话说这阵子，”三毛猫接着说，“话说这阵子，为什么大家一直邀请灶猫呢?因为它对外吹嘘自己是下一任事务长啊，所以那些笨蛋才会无所不用其极地讨它欢心。”

“这是真的吗?”黑猫勃然大怒。

“当然，不然您可以去查啊。”三毛猫嘟着嘴说。

“太过分了，亏我这么看好它、照顾它。好，既然如此，我也自有打算。”

黑猫说完，办公室陷入一片沉默。

隔天。

灶猫的脚终于不肿了，于是它一早开开心心地出门，冒着狂风前往办公室。一进办公室，它发现自己的资料簿——它相当重视、每天一到办公室，都会轻抚摸封面的心爱资料簿——竟然不在自己的桌上，而是分成三份，放在其他三位书记的桌上。

“啊……看样子昨天一定很忙。”灶猫没来由地心跳加速，用干哑的声音自言自语。

喀哒——三毛猫开门走进办公室。

“早安。”尽管灶猫起身向三毛猫打招呼，三毛猫却沉默不语，而且一坐下就开始抄写资料，一副很忙碌的样子。

喀哒——这次走进办公室的是虎斑猫。

“早安。”尽管灶猫起身向虎斑猫打招呼，虎斑猫却连看都不看它一眼。

“早安。”三毛猫说。

“早，今天风好大呀。”虎斑猫也立刻翻起资料。

喀哒——白猫走进办公室。

“早安。”虎斑猫和三毛猫异口同声地向白猫打招呼。

“早，风刮得好大啊。”白猫也立刻埋首工作。虽然灶猫无力地向白猫起身行礼，白猫却视若无睹。

喀哒——

“哇，好大的风啊。”黑猫事务长走进办公室。

“早安。”三个书记官迅速起身行礼，灶猫也怔怔地低头行礼。

“这简直就是暴风嘛。”黑猫刻意不看灶猫，话一说完就开始工作。

“好，今天要继续调查阿摩尼亚克兄弟，才能回答昨天的问题。第二书记，阿摩尼亚克兄弟里前往南极的是谁?”大家开始工作了，但灶猫只能低头不语，因为它桌上没有资料。就算它想开口问这是怎么一回事，也发不出声音。

“是庞·波拉理斯。”虎斑猫回答。

“好，介绍一下庞·波拉理斯的详细资料。”黑猫接着说。

啊……这是我的工作，我的资料、资料……灶猫急得都要哭了。

“庞·波拉理斯前往南极探险后，回程时死于雅兹布岛海域，遗体海葬。”

第一书记白猫朗读着灶猫的资料簿。庞大的无力感与悲伤向灶猫袭来，它觉得脸颊好酸，却只能咬着牙默默忍耐。

办公室里越来越忙碌，工作顺利进行着。大家偶尔会瞥向灶猫的方向，却连一句话也不对它说。

到了中午，灶猫也不吃自己带来的便当，只是把双手放在大腿上，低头不语。

下午一点，灶猫开始啜泣。它哭哭停停持续了三个小时，直到傍晚。

即使如此，大家还是装作若无其事的样子，有说有笑地工作着。

就在这个时候，虽然猫咪们都没有发现，但森林之王——狮子出现在办公室外。从事务长身后那扇窗户，可以看见狮子金色的鬃毛。

狮子狐疑地观察了办公室里的情况好一会儿，突然敲门走了进来。猫咪们全都吓坏了，惊慌失措地在办公室里走来走去，只有灶猫随即停止哭泣，立正站好。

狮子用洪亮而清晰的声音说："你们在做什么？那种鸡毛蒜皮的小事需要什么地理和历史？给我解散！听到没？我命令你们解散！"

这间办公室就这样被废除了。

我心里有一半赞成狮子的想法。

滑床山的熊

不知道为什么，小十郎觉得胸口满满的，他再次望向对面山谷如白雪般的花朵，以及一心沐浴在月光里的母熊与小熊，随后避免发出任何声响，悄悄地、悄悄地离开。

这个故事很有趣。

滑床山是一座很大的山。山上有一条河叫渊泽川。整座山几乎三百六十五天都笼罩在云雾之中。四周是一座座看起来像黑色海参或海龟的山。中央有个大大的洞穴，渊泽川在那里形成高三百尺的瀑布，自桧木等树林间流泻而下。

中山街道近来很少有人经过，长满了蜂斗菜、虎杖等山菜。路上有栅栏，或许是为了避免牛只误闯。只要往前走三里路，就可以听见风吹过山顶的声音。仔细一瞧，会发现那边有条细细长长的白色物体自山顶落下，并卷起一阵阵烟雾——那是滑床山的大空瀑布，以前有许多熊群居在这里。其实我自己没有看过滑床山，也没有看过熊胆，都是听人家说再加上自己想象的。或许我描述的内容与实际情况有所出入，但我的确是这么想的。无论怎么说，滑床山真的盛产熊胆。

熊胆不仅可以治疗腹痛，还可以帮助伤口愈合。铅汤入口从以前就一直挂着“内售滑床山熊胆”的招牌。这就表示一定会有熊吐着红色舌头，经过滑床山的山谷；也会有小熊在那里玩相扑，玩到全身伤痕累累。捕熊名人渊泽小十郎就在滑床山不断追踪这些熊的踪迹。

渊泽小十郎是个身强体壮的大叔，他一只眼睛比较小，有着一身黝黑通红的皮肤。此外，他的体形与小型的“臼”相仿，手掌跟北岛昆沙门天[①]帮助人们治病的手印一般大，而且非常厚实。到了夏天，小十郎会穿着用菩提树树皮做成的衣服、草鞋，带着原住民使用的山刀、来自葡萄牙的长枪，还有一条威武的黄狗，从红叶笠泽、三又、萨卡伊山、獾洞森、白泽等各个方向纵横滑床山。

① 即北方多闻天王，为佛教护法之大神，四天尊王之一。

由于树木茂密，只要沿着山谷前进，就像走进黑漆漆的隧道里，偶尔经过有阳光照射的地方，就能看见一片绿色或金黄色的亮光，甚至还能看见花朵。对小十郎来说，整座山就像自己家一样熟悉，他总是慢慢地、慢慢地前进。不管前方是不是山崖，小十郎的狗总是跑在前方，跑累了就趴下来。有时会直接跳进水里，横渡水流缓慢的河流，在对面的岩石上甩掉身上的水，皱着鼻子等待小十郎的到来。小十郎渡河时总是撇着嘴，双脚看起来就像在用圆规画圆，河流在他大腿上激起一阵阵水花，仿佛一张张白色的屏风。虽然一开始就说出来似乎不太妥当，但其实滑床山一带的熊很喜欢小十郎。当小十郎穿越噗噜噗谷旁长满蓟草等植物的狭窄河岸，熊会静静地在高处——或用双手抓着树枝、或在山崖盘坐——兴致盎然地目送他离开。感觉熊也很喜欢小十郎的狗。但再怎么喜欢，熊也无法接受小十郎与它们对峙、大黄狗像屁股着火般向它们冲来，或是小十郎眼中散发诡异的光芒，拿枪瞄准它们。发生这些情况的时候，熊会因为疑惑而挥手拒绝。但每只熊的个性不同，脾气比较坏的熊会挺直背大吼大叫，甚至伸出双手往小十郎的方向冲，即使踩死小十郎的狗也不在乎。这时候，小十郎会冷静地躲在树木背后，瞄准熊的腹部开枪。中枪后的熊，呐喊声响彻整片森林，接着倒卧在红得发黑的血泊中，用鼻子发出哀鸣，慢慢地死去。最后小十郎会将枪放在树干旁，小心翼翼地走到熊的身旁说：

“熊啊，我不是因为恨你才杀你的，我是为了生存。我也想做一些不会造业的工作，但我没有田地，这片树林也不属于我，就算到镇上，也没有人愿意给我工作。我穷途末路，只好开始打猎。你投胎为熊是因果，我以打猎维生也是因果。希望你下辈子不要再是熊啦。”

此时狗儿也不再气势凌人，只是眯起眼睛坐在一旁。

小十郎四十岁的那年夏天，很多人——包括小十郎的妻儿——罹患痢疾身亡，那只狗却一直很有精神。

然后小十郎自怀中取出亮晃晃的小刀，从熊的下颚沿着胸部、腹部，流畅地切开熊皮。我非常讨厌接下来的画面，总之小十郎会将鲜红的熊胆放进怀中的木碗，接着将沾满鲜血的熊皮带到山谷里清洗，卷起来背在背上，无力地沿着山谷而下。

我甚至觉得小十郎懂熊的语言。有一年春天，山上树木都还没有发芽的时候，小十郎带着狗自白泽上山。傍晚，小十郎想起去年夏天他在穿过拔海泽、往山顶的路上用竹叶搭了一间小屋，决定在那里过夜。然而不知道为什么，小十郎弄错了入口。

他好几次回到山谷里再重新往上走，不仅狗疲惫极了，就连小十郎也撇着嘴大口大口地喘气。最后终于找到了已经半塌的小屋。小十郎想起小屋下方不远处有涌出的泉水，便出发去取水。没想到他在路上看见两只熊——母熊跟快要一岁的小熊——像人一样用手抵住额头眺望远方，它们在半圆月淡淡的月光中，凝视对面的山谷。小十郎仿佛能在两只熊的背后看见光环，便不由自主地停下脚步，观察两只熊的动静。接着小熊撒娇般地说道：“妈妈，那个怎么看都是雪啊，而且只有山谷这边变成白色，怎么看都是雪啊。”

母熊又望了望对面，过一会儿才说：“不是雪，现在那边不会下雪。”

小熊又说：“所以是之前下的雪还没有融化。”

“可是妈妈昨天才去那边看过发芽的蓟草呀。”

小十郎也望向对面的山谷。

月光流泻在山坡上，山坡好像闪闪发光的银色盔甲。又过了一会儿，小熊说：“如果不是雪，那就是霜了。嗯，一定是这样。”

小十郎心想，今晚的确有可能结霜。这么靠近月亮，胃都会因为寒冷而微微打颤，而且今晚的月亮看起来跟冰一样。

“妈妈知道了，那是辛夷的白花。”

“什么嘛，原来是辛夷啊，我知道那种花哦。”

“可是你以前没有看过。”

“我知道，我之前有去摘过。”

“你摘的不是辛夷的花，是梓树的花。”

“是哦……”小熊装傻回道。不知道为什么，小十郎觉得胸口满满的，他再次望向对面山谷如白雪般的花朵，以及一心沐浴在月光里的母熊与小熊，随后避免发出任何声响，悄悄地、悄悄地离开。小十郎祈祷风不要往那个方向吹，慢慢地后退。在月光下，他闻到了钓樟树的香气。

尽管小十郎如此豪气，但他带着熊皮、熊胆到镇上卖，却总是得到不公平的待遇，一提起就让人心生同情。

镇上有间大型的杂货店，里头摆满竹筛、砂糖、磨刀石、花牌、变色龙牌的烟草和玻璃制的苍蝇壶等商品。每当小十郎背着如一座小山般的毛皮跨进玄关，老板就会轻轻一笑，像是在说：“你又来啦？”这一天，老板坐在里头，用青铜的火盆取暖。

“老板，之前真是感谢您。”

在山里像大王一般的小十郎放下毛皮，毕恭毕敬地跪坐在地板上，双手也贴着地板。

“好说好说，今天有何贵干？”

“我又带了点熊皮来。”

“熊皮？可是你之前带来的熊皮还没卖掉，今天就先算了吧。”

“老板，您别这么说，我愿意便宜卖给您，请您买下来吧。”

“再怎么便宜，我都不要。”主人沉着地用手掌拍拍烟管。那个在山里像大王一样的小十郎听了，不禁担心地皱了皱眉头。尽管小十郎家有许多从山上带回来的栗子，也在称不上是田地的后院种了一些稗子，但完全没有米，也没有味噌。要养活一家七口——包括他九十岁的老妈妈与五个孙子——还是得有米才行。

一般农家还可以织麻布来卖，但小十郎家里只有用藤蔓编制的容器，除此之外什么都没有。又过了一会儿，小十郎再次以干哑的声音恳求：

“老板，算我求求您，您能买多少就买多少吧。”小十郎慎重地行礼。

老板默默地吞云吐雾，好遮掩脸上的笑意。接着他说：

“好，你放着吧。平助，给小十郎先生两圆。”

小二平助坐在小十郎面前，将四枚大大的银币交给小十郎。小十郎满心欢喜地收下银币。老板的态度也与刚才不同。

“来人啊，给小十郎先生一杯酒。”

小十郎高兴得雀跃不已。老板侃侃而谈，小十郎也不时谦恭地描述山里的情况。不久后，厨房传来饭菜准备好的消息。小十郎原本想推辞，最后还是被拉到用餐的地方。他再次慎重地行礼。

店里的人用黑色的盘子端来盐渍鲑鱼切片与生花枝切片，还有一瓶酒。

小十郎毕恭毕敬地坐下，慎重地将生花枝切片放在手背上品尝，并啜饮小酒杯里黄色的酒。其实物价再怎么低，两片熊皮卖两圆——论谁都会觉得实在太便宜了。对此，小十郎当然心知肚明，却别无他法。不卖给杂货店，熊皮也无法卖给其他人。为什么呢？许多人不了解内情。日本有一种猜拳游戏叫“狐拳”，规定狐狸输给猎人、猎人输给商人。就像现在熊败给小十郎、小十郎败给老板，是一样的道理。老板只是因为镇上有许多人，所以不会被熊吃掉。所幸世界越来越进步，这种既讨厌又卑鄙的人自然会从世界上消失。说实话，当我在写这些让人不屑一顾，既讨厌又卑鄙的人欺压小十郎的事情时，心里真的不是滋味。

因此即使小十郎以杀熊为业，熊却从来没有恨过他。某年夏天，甚至发生一件奇事。

那天，小十郎在山谷里前进，他爬上一块岩石，看见一只大熊弯着背，像猫一样在爬树。小十郎立刻举起枪，他的狗也兴高采烈地冲到树下，沿着树干打转。

树上的熊像是在思考，是要朝着小十郎的方向跳下来？还是停留在树上等着子弹？最后它忽然放开双手，从树上重重地摔了下来。小十郎仍然没有掉以轻心，他拿着枪靠近那只熊。此时熊举起双手大喊：

“你为什么要杀我？你想要什么？”

“嗯……我想要你的毛皮还有胆，其他的我都不要。我真的很同情你们，而且带到镇上去也卖不到好价钱，但我实在是走投无路了。被你这样问，让我觉得就算只能吃栗子也好，干脆饿死也就算了。”

“请你等我两年。我死了不要紧，但我有些事情必须处理，只要两年。两年后，我一定会死在你家门前，不管你要毛皮还是胆，通通都拿去吧。”

小十郎觉得很奇怪，呆立在原地陷入沉思。此时熊站起来，缓步离去。小十郎还是一动也不动。熊头也不回，慢慢地、慢慢地走着，仿佛确信小十郎不会突然从后方开枪射它。

当枝叶间的阳光洒在它黑色的身躯上，那宽广的背反射耀眼光芒时，小十郎才终于发出呃、呃的声音，最后他只能无奈地穿越山谷，踏上归途。两年后的同一天，一早风就非常大，小十郎担心树木、篱笆会倒塌，所以到外头察看。没想到一只他曾经看过的黑熊——也就是两年前那只黑熊，躺在完好无缺的桧木篱笆下。小十郎吓了一跳，因为他原本就有点担心那只熊会不会真的来找他。

小十郎走近一看，发现熊倒卧在地上，吐出大量鲜血，他不禁双手合十。

一月的某一天，小十郎早上离开家门前，说了一句从来没有说过的话。

“妈，我也老了。我这辈子到今天，第一次觉得不想走到水里面。”

小十郎九十岁高龄的老妈妈坐在檐廊边，借着阳光纺线。她抬起头，用几乎快要看不见的眼睛看了看小十郎，露出像是在笑又像是在哭的表情。小十郎绑好草鞋，起身走出家门。孙子们轮流走到小屋前，笑着对小十郎说：“爷爷，早去早回哦。”小十郎仰望清澄的蓝天，对孙子们说：“我出门啦。”

他走在冰冻的白雪上，往白泽的方向走去。

气喘吁吁的狗伸出舌头，走走停停地前进。过一会儿，当小十郎的身影隐没在山丘的另一边，孙子们开始用稗秆玩耍。

小十郎沿着白泽河岸往上游而行。河流上看得见深蓝的深渊，如玻璃板般冰冻的河面，以及如念珠般串连的冰柱。河流两边的卫矛结满红、黄色的果实，看起来像一整片绽放的花朵。小十郎一边走一边看着自己和狗闪闪发光的影子，他们的影子和白桦木的影子一同倒映在雪地上，都变成了蓝色。

前年夏天他发现只要从白泽出发，每翻过一座山，就有一只大熊栖息。

小十郎进入山谷后，先越过五处支流，接着由右至左、由左至右地溯溪而上。途中经过小小的瀑布，小十郎从瀑布下方出发，朝着长根的方向开始往上爬。亮晃晃的白雪实在太刺眼了，小十郎觉得自己好像戴着一副紫色的眼镜。他的狗尽管脚步滑了好几次，还是不肯向积雪的山崖认输，持续往上爬。好不容易登上山崖，眼前是一片长满栗子树的缓坡，平坦的雪地闪耀着寒水石般的光芒。四周高耸的雪峰，看起来尖尖细细的。当小十郎在山顶稍事休息的时候，他的狗突然着火似地狂吠。小十郎惊讶得转过头去看，发现他前年夏天就注意到的熊用两只脚站着，朝他冲过来。

小十郎冷静地把脚跨出去，举起枪。高举双手的熊直直走过来，看起来就像一根柱子。即使是小十郎，看到眼前这副景象，脸色也不禁变了。

小十郎听见“碰——”的枪声，但熊没有倒下，还是像黑色暴风般离他越来越近。狗咬着熊的脚不放。就在那一瞬间，“锵——”的一声响起，小十郎的脑袋一片空白。接着，他听见像是从很远很远的地方传来的声音——

“哦……小十郎……我不是故意的，我无意杀你啊……”

小十郎心想，我已经死了吧。接着他仿佛看见满天的星光，一闪一闪的。

“这就是死亡的征兆。我看见了死前会看见的火焰。熊啊，请原谅我……”小十郎在心里说道。我不清楚之后小十郎在想些什么。

到了第三天晚上，月亮像一颗结冰的球，高挂在空中。白雪晶晶亮亮、河水清清粼粼。昴宿星与参宿星像在呼吸般，闪耀着绿色与橘色的光芒。

许多只大黑熊聚集在山上那块被栗子树与雪峰包围的平地上，形成一个个环形，趴在雪地上一动也不动，看起来就像伊斯兰教徒在祈祷。月光下，可以看见小十郎的遗骸以半坐卧的姿势被放在最高处。

尽管小十郎的尸体浑身僵硬，表情却栩栩如生，甚至像是笑逐颜开。那些大黑熊就像化石般一动也不动，直到参宿星来到天顶，然后西沉……

黄色番茄

蜂鸟用它尖细如口琴般的声音，悄悄地对我说：“刚才对不起，因为我好累哦。”

我也温柔地回应：“我一点都不生气，快告诉我之后发生了什么事。”

博物局十六等官
克斯特日志

我们镇上的博物馆有一个很大的玻璃柜，里头有四只蜂鸟标本。

小小的蜂鸟很可爱，活着的时候会发出“咪——咪——”的鸣叫声，像蝴蝶一样吸取花蜜。四只中，我特别喜欢最上面那只。它展开双翅，像是随时都有可能飞向蓝天。它有一对红眼睛、蓝绿色的胸膛。抬头挺胸的它，胸前还有波浪形的美丽花纹。

那件事发生在我还很小的时候。有一天清晨，我在去学校之前，悄悄溜去博物馆，在玻璃柜前站了一会儿。没想到，那只蜂鸟竟突然用如银针般纤细而美妙的声音,对我说:“早安。那个名叫贝姆贝尔的小孩真的很乖,可是好可怜呀。”

当时窗户还拉着厚厚的咖啡色窗帘，室内昏暗，人就像身处啤酒瓶中，于是我也跟它打招呼：“蜂鸟早安。你说那个名叫贝姆贝尔的人怎么了？”

玻璃另一边的蜂鸟接着说：“嗯，早安。他妹妹奈莉真的很可爱，可是好可怜呀。”

“他们怎么了，你倒是快说呀。”

蜂鸟张开嘴，就像在笑一样。

“我会告诉你，你先把书包放在地板上，坐在书包上吧。”

我有点迟疑，毕竟书包里放了书，但实在很想听蜂鸟说话，所以就照它的话去做。之后蜂鸟说：“贝姆贝尔和奈莉的爸爸妈妈每天都很认真工作，他们两个却一直玩耍。”

（此处原文有缺失。——译者注）

蜂鸟说："当时我说'再见，再见'，接着穿过贝姆贝尔家那些漂亮的树木花草，返回家里。

"他们也会磨小麦。

"在他们把小麦磨成面粉的时候，无论何时，我都会去观看。看他们用红色的玻璃水车努力地把小麦磨成面粉，贝姆贝尔卷卷的头发、身上浅黄色的短背心还有宽松的棉布短裤都会变成一片灰白。奈莉把面粉装进棉布袋里，会累得靠在门口，静静地眺望田地。

"那时候我就会飞过去笑她：'奈莉，你喜欢鼹鼠吗？'

"——他们也有种高丽菜。

"在他们采收高丽菜的时候，无论何时，我都会去观看。看贝姆贝尔切断高丽菜粗粗的根，奈莉用双手把高丽菜装进一轮水蓝色的推车里。接着他们会用推车把高丽菜送到黄色的玻璃仓库。绿色的高丽菜堆成一座小山，好壮观呢。

"他们兄妹相依为命，过着快乐的生活。"

"没有大人吗？"我忽然想到这个问题。

"一个大人也没有，只有贝姆贝尔、奈莉两兄妹相依为命，过着快乐的生活。

"可是真的好可怜。

"贝姆贝尔真的很乖，可是好可怜呀。

"奈莉也真的很可爱，可是好可怜呀。"

蜂鸟突然不再说话。

但我却一点也冷静不下来。

蜂鸟静静地站在玻璃另一边。

我抱着双腿，默默地看着蜂鸟，但蜂鸟却一句话也不说。而且它安静的样子，仿佛在告诉我"已经死掉的人怎么可能从坟墓里爬出来说话呢？"我站起来，走到玻璃柜前，双手贴着玻璃对蜂鸟说："嗳，蜂鸟，贝姆贝尔和奈莉后来怎么了？

发生什么事了？嗳，你说话啊。”

但嘴巴尖尖细细的蜂鸟还是静静地看着远方的大山雀，一句话也不说。

“嗳，蜂鸟，你说话啊。这样不行哦，话怎么可以只说一半呢？你说话啊，刚才的话还没有说完呢，为什么不说了？”

因为我不停地说话，玻璃都起雾了。

四只美丽的蜂鸟都静静地，一句话也不说。我哭了出来。

为什么哭？因为最美的蜂鸟刚刚还在用银针般纤细美妙的声音跟我说话，现在却犹如死了一般全身僵硬，就连眼睛都变成了黑色，看起来和大山雀没有两样。而且虽然它面向另一边，我却完全无法分辨它的眼睛是否看得见。而且我还不知道在太阳下辛勤工作的贝姆贝尔、奈莉两兄妹后来发生了什么糟糕的事，这叫我怎么不哭呢？我可以为了这件事哭个一星期。

就在那个时候，我右边的肩膀忽然变得很重，而且很温暖。我吓了一跳，转过头去看。长着一对白眉的值班大叔眉头紧蹙，一脸担心地看着我。大叔把手放在我的肩膀上，开口问道：“为什么哭成这样呢？肚子痛吗？怎么会一大早来看玻璃柜里的鸟却哭成这样呢？”

但我的眼泪就是停不下来，大叔又说：“不要哭这么大声。

“博物馆还有一个半小时才开，我是偷偷让你进来的。

“你哭那么大声，其他人听到会骂我的。不要哭成这样，为什么哭成这样呢？”

我这才回答：“因为蜂鸟不跟我说话了啊。”

大叔放声笑了出来。

“哦……一定是蜂鸟跟你说话，说到一半就不说了吧？这只蜂鸟真是的，它很喜欢耍这个把戏来捉弄人类。好，让我来骂骂它。”

值班大叔走到玻璃前：“喂，蜂鸟，你今天已经耍这个把戏几次啦？我会好好记在笔记本上。如果你太过分，我就只好请馆长把你送到冰岛啦。

“好了，小朋友，这家伙之后一定会跟你说话的。你快把眼泪、鼻涕擦一擦。嗯……这样清爽多了。

“说完话，你要快点去学校哦。

“它很没耐心，如果拖太久，它又会说一些讨人厌的话。动作要快哦。”

值班大叔帮我擦干眼泪，接着双手交叉在身后，轻轻地走到另一边巡逻去了。

等昏暗的咖啡色房间再也听不见大叔的脚步声，蜂鸟又转过来看着我。

我的心脏跳得好快。

蜂鸟用它尖细如口琴般的声音，悄悄地对我说：“刚才对不起，因为我好累哦。”

我也温柔地回应：“我一点都不生气，快告诉我之后发生了什么事。”

蜂鸟接着娓娓道来。

“贝姆贝尔和奈莉真的很可爱。他们家是蓝色的玻璃屋，他们只要待在屋里，把窗户关上，看起来就像生活在海底。而且我完全听不到他们的声音，因为那玻璃非常厚。

“可是看到他们对着大大的笔记本，嘴巴一开一合的，无论谁都能立刻看出他们在唱歌。我很喜欢他们唱歌的模样，于是总是站在庭院的紫薇树上看他们唱歌。

“贝姆贝尔真的很乖，可是好可怜呀。奈莉也真的很可爱，可是好可怜呀。”

“到底是发生了什么事？”

“就是他们真的过着快乐的生活，如果只是这样就好了。但他们在田地里种了十株番茄树，其中五株的品种是‘庞德罗莎’，五株是‘鲜红樱桃’。‘庞德罗莎’的果实很红很大，‘鲜红樱桃’的果实跟樱桃一样小小的，可是很多。虽然我不吃番茄，但我很喜欢‘庞德罗莎’。有一年，‘鲜红樱桃’的幼苗有两种颜色，种了之后长出的新芽也有两种颜色。渐渐茁壮后，尽管叶子散发出番茄的味道，茎干却长出一颗颗黄金般的小球。而且越长越大。

“五株‘鲜红樱桃’里只有一株是神奇的黄色，还会闪闪发亮。光彩夺目的黄色番茄，在深绿色的枝叶里闪耀光芒，看起来气派极了。于是奈莉问：‘哥哥，为什么那番茄会发亮呢？’

“贝姆贝尔将手指放在嘴唇上，想了一会儿后答道：‘那是黄金啊，所以才会发亮。’

“‘什么？那是黄金吗？’奈莉有点惊讶地说。

“‘好气派哦。’

“‘对呀，好气派哦。’

“他们完全不摘那些黄色番茄，连碰都舍不得碰。

“后来就发生了真的很可怜的事。”

“到底是发生了什么事？”

“就是他们真的是过着快乐的生活，如果只是这样就好了。但一天傍晚，他们在帮蕨类植物浇水的时候，一阵不可言喻的奇声异响随风自原野远方传来。那声音美妙极了，尽管支离破碎，却飘散着铃兰、天芥菜的香气。他们停下浇水的手，默默地看着对方。接着贝姆贝尔说：

“‘我们去看看吧，那声音好好听哦。’奈莉原本就想去得不得了。

“‘走吧，哥哥，我们现在就走吧。’

“‘嗯，现在就走。我想不会有什么危险的事。’

“他们手牵着手走出果园，循着声音的方向前进。

“那声音在很远很远的地方。即使他们已经翻过白桦木生长的两座山丘，却还是感觉很远；再经过三条杨柳树生长的小河，却还是一样。

“但其实还是在逐渐接近的。

“就在他们穿过两棵榧树形成的拱门后，那声音再也不支离破碎了。

“于是他们打起精神，用上衣的袖子擦拭汗水，继续向前走。

“之后声音越来越清楚，不仅可以听见笛子清亮的声音，还有大喇叭低沉的声音。此时我已经听见所有的声音了。

“‘奈莉，只差一点点，快点来追我。’

“用布把头包成一颗蛋的奈莉默默地摇了摇头，咬着牙继续向前跑。

“当他们又翻过一座白桦木生长的山丘时，眼前忽然出现一条横向的大路，白色的尘土随风飞扬。右边传来他们正在寻找的声音，十分清晰；左边吹起一阵白色的尘土，尘土之间能看见快速奔驰的马蹄。

“马蹄离他们越来越近。贝姆贝尔和奈莉十指紧扣，屏气凝神地看着马蹄。

“当然我也在一旁看着。

“骑马的有七个人。

“马匹静静地慢跑，它们的汗水闪闪发光，鼻孔中发出很大声的喘气声。骑马的七个人都穿着红色衬衫、发亮的红皮长靴，帽子上还插着像是白鹭鸶毛的装饰品。七个人中，有蓄胡的大人，也有像贝姆贝尔那样脸颊红通红、眼睛黑不溜丢的小孩。飞扬的尘土让太阳看起来有些泛红。

“虽然大人们都对贝姆贝尔、奈莉视而不见，但那个可爱的小孩却对贝姆贝尔送上一个飞吻。

“他们就这样经过贝姆贝尔和奈莉面前，而他们前进的方向，正是贝姆贝尔和奈莉正在寻找的声音来源。很快地，他们就翻过下一座山丘，贝姆贝尔和奈莉也就看不见他们了。只是此时，似乎又有人从左边前来。

“他们眼前出现一个白色立方体，那箱子仿佛是一间小小的房子，旁边跟着四五个人。凑近一瞧，旁边那四五个人都是黑人。他们的眼睛炯炯有神，不仅打着赤脚，全身上下只穿着日本传统的丁字裤。他们围着的那个白色的立方体并不是箱子。白色立方体四边都挂着白色的布，感觉很像蚊帐，下方有四只灰色大脚，轻轻地、轻轻地上下摇晃。

“贝姆贝尔和奈莉虽然害怕黑人，却又觉得好有趣；虽然害怕立方体，却又觉得好新奇。等一行人经过他们面前，他们互看了一眼说：‘我们跟过去看看吧。’

“‘嗯，走吧。’他们的声音又干又哑。之后跟着一行人走了好长一段路。

“黑人们有时会大喊不知所云的话语，还会仰望着天空跳动。立方体的四只脚轻轻地、轻轻地上下摇晃，不时还会听见‘呼——呼——’的呼吸声。

“贝姆贝尔和奈莉继续手牵着手向前走。

“在这期间，太阳越来越红，最后沉入西边的山峰。天空是一片黄，草原也慢慢暗了下来。

“他们终于越来越靠近声音来源，甚至可以听见对面山丘传来方才那些马匹的嘶嘶声，以及它们用鼻子发出的呼噜声。

“当立方体的四只脚上下摇晃一百次，眼前的景色让贝姆贝尔和奈莉好惊讶，忍不住揉了揉自己的眼睛。远方是座很大的城镇，灯火通明；而眼前是一片平坦的草原，上头有座天棚，天棚的支架是削去树皮的粗木头。尽管天还没有完全暗下来，现场却点燃了许多油灯，油灯带来了蓝色电石气和长长的油烟；二楼则挂着各式各样华丽的招牌。招牌后方就是那美妙声音的来源。招牌中有一面画的是那个送上飞吻的小孩，他两只手各撑着一匹马，在马上倒立。刚才那七匹马被绑在前面，而且多出了十五六匹。马匹们排成一排，吃着燕麦。

“无论男女老幼，都在草原上仰望招牌。

“招牌后方传来贝姆贝尔和奈莉一直在寻找的声音。

“但因为靠得太近，声音就变得不那么美妙了。

“那只是一支普通的乐队。

“只是那声音通过原野时，尽管会变得模糊，却带着浓浓的花香。

“白色的立方体也慢慢地走进去。

“里头传来细细的哭泣声。

“人越来越多了。

“乐队的声音既洪亮又热闹。

“里头仿佛有股强大的吸力，只见三五成群的人们不断地走进去。

“贝姆贝尔和奈莉屏气凝神地看着人们。

“‘我们也进去看看吧！’贝姆贝尔的心脏跳得好快。

“‘进去看看吧！’奈莉说。

“但他们都觉得不安，因为人们经过入口时，似乎要给守卫一些东西。

“贝姆贝尔稍微走近一些，直盯着那东西瞧。真的是眼睛眨也不眨地盯着。

“——那些都是碎白银或碎金子。

“如果一个人给守卫碎黄金，守卫就会还他一点碎白银。

“接着他就会走进去。

“贝姆贝尔翻了翻口袋，看看有没有黄金。

“‘奈莉，你在这边等我，我回家一趟，马上来找你。’

“‘我也要回去。’虽然奈莉这样说，但贝姆贝尔已经出发了。奈莉很担心，都要哭出来了，她又抬头看了看招牌。

“我也很担心，但我不晓得应该要陪着奈莉，还是跟贝姆贝尔一起回去。我在上空盘旋了一阵子，发现人们都只注意招牌，没有坏人企图带走奈莉。

“于是我安心地飞去追贝姆贝尔。

“贝姆贝尔跑得好快。那天是阴历四日，新月静静地高挂在西方天边。在微微的白光中，贝姆贝尔不断地向前跑。为了追上他，我飞得好辛苦，头昏眼花，风不断从我耳边呼啸而过。不管是白桦木还是杨柳树，看起来都是一片漆黑，草原也是。贝姆贝尔不断地向前跑。

“最后他终于回到他们的果园。

“他们的玻璃屋反射着月光，看起来闪闪发亮的。贝姆贝尔稍微停下脚步，看了一下他们的玻璃屋，之后连忙跑到一片漆黑的番茄树旁，从那株长满黄色果实的番茄树上摘了四颗黄色番茄。接着又像风一样、像暴风一样燃烧着汗水与心跳，一路飞奔回草原。我真的好累。

“当时我看见奈莉不停地往我的方向看。

“贝姆贝尔对奈莉说：‘来，没问题了，我们进去吧。’

“奈莉高兴地跳起来。他们手牵手走向入口，贝姆贝尔默默地把两个黄色番茄交给守卫。守卫收下番茄后先说了句：‘欢迎光临’，但他的表情很快就变了。

“有这么一会儿，守卫凝视着手里的番茄。

“接着他突然扭曲着脸大骂：‘这是什么？你们这两个小鬼竟然敢小看我？以为我是笨蛋啊！里头满满的都是人，你们以为拿几个番茄，我就会让你们进去吗？快点给我滚，畜生！’

“接着他狠狠地把黄色番茄甩出去，一颗还打中了奈莉的耳朵，奈莉‘哇——’地一声哭了出来。旁边的人却开始大笑。贝姆贝尔迅速抱住奈莉，赶紧逃离现场。

“大家的笑声一阵接一阵，就像波浪一样。

“当他们逃到黑漆漆的山谷，贝姆贝尔才放声大哭。你一定不知道遇到这种事有多伤心。

“之后，胆战心惊的他们一句话也没说，只是默默地沿着白天的路往回走。

“当他们翻过白桦木生长的山丘时，贝姆贝尔紧紧地握住拳头，奈莉则是不断地吞着口水。最后他们终于回到家里。啊……好可怜啊，真的是好可怜啊。这样你懂了吗？我再也说不下去了……可别再找大叔来了，再见。”

蜂鸟一说完就闭上它尖细的嘴巴，静静地看着远方的大山雀。

我觉得好伤心。

“再见了蜂鸟，我会再来的。如果到时候你有什么话想说，就告诉我吧。再见了蜂鸟，谢谢你，谢谢。”

我一边说一边拿起书包，静静地走出仿佛啤酒瓶的房间。房间外明亮的光线还有那对兄妹的遭遇，不禁让我觉得眼睛刺刺的、痛痛的，忍不住掉下了眼泪。

那件事发生在我还很小的时候。

贤治小专栏2

父子纠葛；父亲的银表

宫泽一族是花卷当地知名的望族。贤治的父亲经营旧衣铺与当铺。当时东北地区的居民大多是贫苦的农民。相较之下，贤治自小成长的环境堪称富裕。

身为宫泽家的长男，父母亲理所当然对贤治寄予厚望。父亲政次郎希望长子能够继承家业，贤治却对自家剥削穷人的家业感到自卑。也许是青春期少年常见的反抗，加上天生敏感的性格，更加深了他对父亲（或自家富裕背景）的不满，从贤治中学时期写的这首短歌，可以看出他对父亲的不满。

父亲啊父亲，您为何故意要在舍监面前转动那块银表的发条呢？

前来宿舍探望自己的父亲故意（或许是不经意）的举动，在儿子贤治眼中简直是财大气粗的表现，他为此感到相当羞耻。中学毕业后，因为宫泽家长辈原本想让贤治继承家业，所以不让他继续升学。但是看到终日郁郁寡欢度日的儿子，政次郎还是让他继续升学了。

之后父子虽然也曾因为是否更改宗教信仰一事起过争执，贤治还愤而离家前往东京。不过终其一生，他始终没有与父亲决裂，也没有脱离父亲的庇护。如果将弟弟清六比喻为贤治死后，让他的文学被世人看见的重要推手，父亲政次郎可以说是在贤治生前支持他从事文学创作最重要的“金主”。

风之又三郎

风呼呼吹着，又三郎不笑也不开口说话，只是用力紧闭双唇，默默地看着天空。突然间，又三郎轻飘飘地飞到空中，他身上的玻璃斗篷闪闪发光……

九月一日

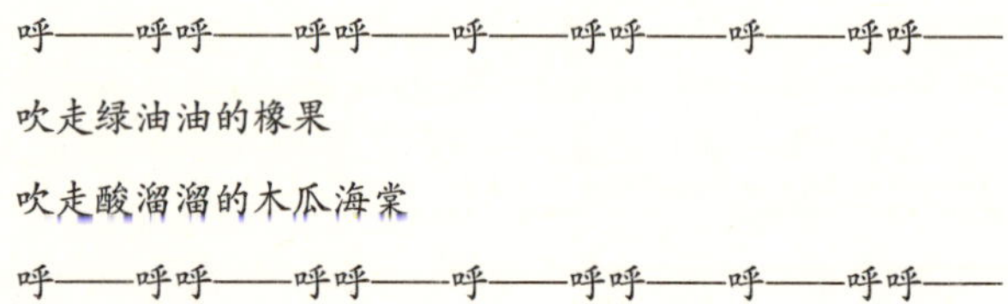

河边有间小小的学校。

这间学校虽然只有一间教室，却有一到六年级的学生。此外，尽管操场只有网球场大小，却紧邻一座长满栗子树的美丽山丘，而且角落有个不断涌出泉水的岩洞。

事情发生在凉爽的九月一日。那天早上，风呼呼地吹过蓝天，阳光洒满整片操场。两个一年级小朋友穿着黑色雪装绕过堤防走进操场，当他们发现其他人还没有到，便抢着大喊:"哇——我第一名！我第一名!"两人兴奋地冲向校舍，没想到才从窗户外望了教室一眼，便呆立在原地面面相觑。两人不但吓得全身发抖，其中一个小朋友还忍不住哭了出来。为什么呢？因为寂静的教室里，有个他们从未见过的红发男生，独自端坐在最前面的座位——正好是哭出来的那个小朋友的座位。另一个小朋友虽然也很想哭，却还是努力忍住瞪着那个红发男生。正巧在那个时候，河上传来高亢的呐喊声:"阿长卖葡萄！阿长卖葡萄!"

背着书包的嘉助看起来就像一只大乌鸦，他笑着穿越操场后，佐太郎、耕助也嘻嘻哈哈地走向教室。

"为什么要哭？有人欺负你们吗?"嘉助抓着那个忍住眼泪的小朋友问道。

小朋友一听立刻“哇”地一声哭了出来。其他人满腹疑惑地东张西望，才发现有个奇怪的男生端坐在教室里。大家对于眼前的景象沉默不语，即使其他学生陆续抵达，也没有半个人开口说话。

座位上的红发男生默默地盯着黑板，看起来一点都不害怕。

六年级的一郎出现在校园里——他大步走向校舍，看起来就跟大人一样。一郎看着大家问：“你们在做什么？”大家这才叽叽喳喳地指着那个奇怪的男生。一郎稍微注视了男生一会儿，之后便背着书包，迅速地走到窗户旁。

其他人也完全恢复精神，跟着一郎走上前去。

“还没有上课，你怎么可以先进教室？”一郎攀着窗户，把头伸进教室里问。

“天气这么好还先进教室，会被老师骂哦。”耕助在一旁附和。

“万一被骂，可别怪我们哦。”嘉助也说。

“快出来，快点出来呀。”一郎再次对红发男生说。然而，男生只是局促不安地稍微环顾一下室内与众人，之后还是端坐如山并将手放在大腿上。

不过他的装扮确实让人匪夷所思——灰色宽松上衣、白色短裤，搭配红皮短靴。此外，他的脸看起来就像一颗熟透的红苹果，眼睛又圆又黑。一郎对他似乎听不懂自己在说什么而大伤脑筋。

“他一定是外国人。”

“是转学生吗？”大家七嘴八舌地讨论着。此时四年级的嘉助突然大喊：“希望他是三年级，这样我们就有三年级了！”其他小朋友听了顿时觉得“哦……原来如此。”一郎却歪着头表示怀疑。

奇怪的男孩仍然只是局促不安地看着其他学生，并没有打算离开座位。

此时风呼呼吹来，不仅教室的玻璃门咯咯作响，后山的芒草、栗子树也异常苍白地随风摇曳。教室里的男生这才露出笑容，稍微动了一下。

嘉助见状立刻大喊：“啊，我知道了，他一定是风神的儿子，风之又三郎！”

正当大家心想“一定是这样没错”，站在后头的五郎突然叫了一声：

“好痛！”大家转过头，发现五郎因为被耕助踩到脚趾，气得出手打人。

“喂！再怎么样也不用打人吧！”耕助也不甘势弱地还手。眼看满脸泪水的五郎就要和耕助扭打成一团，一郎连忙居中劝阻，嘉助也帮忙拉住耕助。

“喂！你们如果打架，老师会叫你们去办公室哦。”一郎说话时瞄了教室一眼，随即呆若木鸡。因为那个奇怪的男生明明刚才还在教室里，现在却不见人影。大伙的心情就像失去好不容易才培养出感情的小马，或是好不容易才抓到的山雀逃跑了一样。

又一阵风呼呼吹来，窗户的玻璃咯咯作响，后山芒草亦向上掀起一道道波浪。

“都是因为你们吵架，又三郎才会不见。”嘉助生气地说，其他人也这么觉得。五郎觉得非常抱歉，脚趾的疼痛变得一点也不重要了。然而他也只能垂头丧气地站在原地。

“他一定是又三郎！”

“对，而且今天是二百一十日。”

“可是他有穿鞋子。”

“还有穿衣服。”

“不过他头发红红的，好奇怪。”

“嗳，又三郎在我桌上放了碎石头。”二年级的小朋友说。的确，小朋友的桌上有脏脏的碎石头。

“真的。哎呀，他还打破那边的玻璃。”

“不是，那是嘉助暑假前用石头打破的。”

“喂！才不是我呢！”

正当大家七嘴八舌的时候，老师走到校舍入口前。老师右手拿着闪闪发光的哨子，准备要大家集合。没想到，刚才那个红发男生却戴着白色帽子，像跟班一样快步走在老师身后。

其他人瞬间安静下来。最后是一郎先开口说:“老师早安。”大家才跟着说:“老师早安。”但也只说了这句话。

“同学们早安，大家都很有精神。好，现在来整队。”老师一吹哨子，山谷另一头立刻传来“哔哔哔”的回音。

大家——一个六年级学生、七个五年级学生、六个四年级学生、十二个一、二年级的学生——回想起暑假前队伍的排列顺序，依序排成一列。

一、二年级里的八个二年级学生、四个一年级学生排在最前面。那个奇怪的男生不知道是觉得奇怪还是有趣，只见他用臼齿轻咬舌头，站在老师后方紧盯着大家看。老师说:“高田同学，你排这里。”带他走到四年级学生的队伍旁。依照身高，他刚好排在嘉助后面。前面的人全部转过头来看。老师再次走到校舍入口前喊口令:“向前看齐。”

大家再次整队。然而大家都很想知道那个奇怪男生的动静，于是不时转过头去，或是斜眼瞪着他看。那个男生一副了然于心的模样，遵照口令举起双手。由于他的指尖正好碰到嘉助的背，嘉助不禁觉得背痒痒的，好像有人在搔他痒，浑身都不太对劲。

“向前看。”老师再度喊口令。

“从一年级开始前进。”

于是一年级学生开始往前走，接着是二年级学生、三年级学生……大家走进右手边的鞋柜入口。轮到四年级学生的时候，那个男生跟在嘉助后面，大步大步地前进。不仅前面的人会转过头来看，后面的人也一直盯着他。

不久后，大家都走进校舍并将鞋放进鞋柜，接着依序坐成一排，那个男生也在嘉助后面坐下。整间教室顿时闹哄哄的。

“哇——我的桌子上有碎石头!”

“哇，我的桌子被换过了！”

“吉郎、吉郎，你有带联络簿来吗？我忘记带了。”

“喂！借我铅笔，借我铅笔啦。”

“嗳，谁拿了我的笔记本。”

此时老师走进教室，尽管大家还没有静下来，却还是全部起立。坐在最后面的一郎喊道：“敬礼。”

大家敬礼时稍微安静了一下，之后又叽叽喳喳地开始说话。

“安静，大家安静。”老师说。

“嘘——悦治，你不要再讲话了，嘉助也是。喂！”一郎在最后面管理秩序，并指责最吵的孩子。

大家这才安静下来。老师说：“大家放了这么长的暑假，一定很开心吧。是不是一早就去游泳、在树林里叫得比老鹰还大声，还是跟哥哥一起到原野上割草当饲料啊？不过暑假已经结束了。从今天开始就是第二学期，而且是秋天。自古以来，秋天是身心最适合认真念书的季节，大家一定要跟其他人一起好好努力哦。另外，从现在开始，大家又多了一个朋友——就是那边的高田同学。高田同学原本住在北海道，因为爸爸工作的关系，所以搬到靠近上方原野的地方。大家以后就是朋友了，不管是在学校念书，还是去捡栗子、抓鱼，都要记得找高田同学一起去哦。知道了吗？知道的人请把手举起来。”

学生们随即把手举起来，高田同学也很有精神地举手。老师笑了一下说：“看来大家都知道了，很好。”接着大家就像火苗熄灭一般，同时把手放下。

不过嘉助又立刻举手发问：“老师……”

“嗯？”老师手指着嘉助问。

“高田同学叫什么名字？”

“高田三郎。”

“哇——那他真的是又三郎！太好了！”嘉助在课桌椅间手舞足蹈。年纪较大的小朋友全都笑了；但三年级以下的小朋友却用害怕的眼神看着三郎。

老师说：“大家今天都有带联络簿和暑假作业吧，把它们放在桌上，我现在过去收。”

学生们纷纷打开书包或布包，将联络簿和作业簿放在桌上。

老师从一年级学生开始收起。就在这个时候，大家都吓了一跳。因为教室后方突然出现一个大人。那个人穿着宽松的白色麻布衣，将带有黑色光泽的手帕圈在脖子上代替领带。他用白色扇子轻轻对着自己的脸扇风，并带着笑意俯视着大家。学生们变得异常安静，近乎全身僵硬。但老师却对那个人视而不见，只是依序收着联络簿与作业簿。既没有联络簿也没有作业簿的三郎，把双手放在桌上并紧紧握住拳头。老师走过三郎的座位，收齐其他联络簿与作业簿后，稍微整理了一下，接着回到讲台上说：“下星期六我会把大家的作业簿还给大家，今天没有带来的人，悦治同学、勇治同学，记得明天一定要带来哦。今天就先下课，明天开始正式上课，请大家先做好准备。五、六年级留下来跟老师一起打扫教室，其他人可以回家了。”

当一郎喊：“起立。”大家就同时站起来，后面那个大人也把扇子放下。

听到“敬礼”，老师、学生便同时行礼，后面那个大人也轻轻点头致意。低年纪的小朋友飞也似地冲出教室，四年级的小朋友却显得有些扭捏。

接着，三郎走向那个大人，老师也走下讲台朝他走去。

“谢谢老师，辛苦了。”大人彬彬有礼地对老师说。

“您不用担心，高田同学很快就可以跟大家打成一片了。”老师也回礼说。

“请您多多照顾，那我们先告辞了。”大人再次行礼，并且用眼神向三郎示意，自己先走到校舍外头等。三郎在众人注视下，双眼炯炯有神地走出校舍入口，和那个大人一同穿越操场，往河流的下游走去。

三郎走出操场前还回过头，瞥了学校与其他学生一眼，才又跟着身穿宽松白衣的大人离开。

“老师，那个人是高田同学的爸爸吗？”一郎拿着扫把问。

“嗯。”

“他为什么会来呢？”

“因为靠近上方原野的地方有钼矿，所以他爸爸前来开采。”

“在哪边？”

“我还不清楚，但似乎在大家会带马去玩的路上，靠近下游一点的地方。”

“他们要用钼做什么呢？”

“听说是把钼跟铁混合在一起做成药。”

“所以又三郎也要一起挖吗？”嘉助问。

“他不是又三郎，是高田三郎。”佐太郎说。

“他是又三郎！是又三郎！”嘉助面红耳赤地说。

“嘉助，你留下来一起打扫。”一郎说。

“为什么？老师说五、六年级才要留下来打扫。”

嘉助连忙冲出校舍，溜之大吉。

风再次吹来，窗户的玻璃再次咯咯作响，就连洗抹布的水桶里都出现了微微的波纹。

九月二日

隔天，由于迫不及待想知道那个奇怪男生会不会真的到学校读书，一郎比平常都要早地来到嘉助家，想快点到学校去。没想到嘉助比一郎还迫不及待，一早吃完早餐，他就拿着布包在家门口等一郎过来。两人在路上讨论了许多有关那个男生的事情。到学校后，看见七八个年纪比较小的小朋友在操场上玩“藏棒子”的游戏，但那个男生还没有来。他们想那个男生会不会像昨天一样坐在教室里，于是从窗户外望了教室一眼。寂静的教室里空无一人，黑板上有昨天打扫时用抹布擦拭留下的淡淡痕迹。

“他还没有来呢。”一郎说。

“嗯。”嘉助环顾四周后回应。

一郎决定守株待兔，于是勉强爬上单杠，利用双手向右边移动。他坐在单杠上，直盯着三郎昨天离开的方向。波光粼粼的河水川流不息，下游的山坡上也吹着风，白色的芒草随风摇曳。嘉助也站在单杠下方等。才等了一会儿，三郎就突然从下游的方向跑过来，右手还夹着灰色的书包。

“来了。”一郎忍不住对站在下面的嘉助大喊。很快地，三郎就绕过堤防走进学校正门，精神饱满地向大家打招呼：“早安。”尽管所有人都转过头去看他，却没有人回应。他们不是故意不回应，而是大家虽然习惯对老师说：“早安。”却没有互道早安的习惯。加上三郎打招呼时的气势对一郎、嘉助来说不仅唐突，甚至有点吓人，所以两人无法好好说出“早安”两个字，他们的应答感觉像是在喃喃自语。

三郎不以为意地继续向前走，走两三步后便停下脚步，用他那黑不溜丢的眼睛环视整片操场，像是在确认有没有人可以跟他一起玩。然而大伙就算不时往三郎的方向瞄，却还是自顾自地玩着“藏棒子”，没人走到三郎身边。站在原地的三郎看起来有些沮丧，再次环视操场。接着迈着大步从学校正门走到校舍入口，一边走还一边数，仿佛在测量实际距离。一郎连忙跳下单杠，和嘉助肩并肩站着，屏气凝神地看着三郎。

三郎在校舍入口前转过身，歪着头，就像是在心里计算距离。

大家还是会不时朝三郎的方向瞄。三郎将双手放在背后，似乎有点伤脑筋地经过办公室，往另一边堤防的方向走去。

此时风呼呼地吹，吹过堤防上的草，在操场正中央卷起沙尘，并在校舍入口前形成一个小小的尘卷风。黄色的沙尘看起来像一个倒过来的瓶子，比校舍屋顶还要高。嘉助突然高声说："你们看，他一定是又三郎！他走到哪里，风就吹到哪里！"

"嗯……"一郎百思不得其解，默默地看着三郎。三郎仍不以为意地大步走向堤防。

此时，老师一如往常拿着哨子走到校舍入口前。

"老师早安。"小朋友全部集合好了。

"早安。"老师稍微环视操场后一边吹哨子一边说，"来整队吧。"

大家像昨天一样排好队，三郎也确实站在昨天的位置上。由于老师面对太阳，因此眼睛有点睁不开。在老师一个接一个的口令下，大家依序走进校舍。敬礼后老师说："那我们今天开始正式上课，大家都做好准备了吗？那一、二年级把习字范本、砚台还有纸拿出来；三、四年级把数学课本、笔记本还有铅笔拿出来；五、六年级把国语课本拿出来。"

老师一说完，教室里就闹哄哄的。其中，三郎旁边那个四年级学生佐太郎突然伸手偷拿三年级学生佳代的铅笔。佳代是佐太郎的妹妹。佳代企图拿回铅笔："哇——哥哥拿我的铅笔。"

佐太郎说："那是我的铅笔。"说完就把铅笔放进怀里。接着学中国人行礼时的姿势，将双手交错放进袖子里，弯腰使胸膛紧贴桌面。佳代站起来说："你明明昨天把铅笔弄丢了！把铅笔还我！"

虽然她很想把铅笔要回来，但佐太郎就像黏在桌上的螃蟹化石，一动也不动。最后佳代只能站在原地，张开嘴巴哇哇大哭。三郎把国语课本放在桌子上，两人的争执让他有些困扰。当他看见佳代不停地掉眼泪，便默默地把右手里只剩一半的铅笔放在佐太郎眼前。佐太郎开心地起身问三郎："这要给我吗？"三郎有些不知该如何是好，但他仿佛早已做好心理准备地说："嗯。"佐太郎听了立刻露出笑容，把怀里的铅笔放进佳代的小手里。

由于老师在一年级小朋友那边帮忙把水加进砚台里，嘉助坐在三郎前面，所以他们都不知道发生了这件事。然而，坐在最后面的一郎却看得一清二楚。

一股难以言喻的感觉涌起，他忍不住咬了咬牙齿。

"三年级来复习暑假前学的减法，算一下这个题目。"老师在黑板上出了一个题目"25−12="。三年级小朋友——包括佳代——认真地把题目抄在笔记本上并埋头计算。

"四年级算一下这个题目。"老师又在黑板上出了一个题目"17×4="。四年级的佐太郎、喜藏、甲助等人连忙把题目抄在笔记本上。

"五年级翻到国语课本第（*原文缺一个字。——译者注*）页的第（*原文此处不清楚。——译者注*）课，试着不要发出声音诵读看看，记得把看不懂的字抄在笔记本上。"

五年级学生依照指示开始诵读。

"一郎请看课本第（*原文缺一个字。——译者注*）页，把看不懂的字抄在笔记本上。"

接着老师走下讲台，挨个儿检查一、二年级学生写的字。三郎双手拿着课本，依照指示不停地诵读，却没有把任何字抄在笔记本上——不知道是因为他每个字都看得懂，还是因为他把唯一的铅笔给了佐太郎。

与此同时，老师回到讲台上为三、四年级学生出新的题目。接着又在黑板上写下五年级学生抄在笔记本上的字，并标上读音说：

"来，嘉助同学朗读这段。"

嘉助朗读时停顿了两三次，老师提示了他读音。

三郎静静地听着，老师也拿起课本默默地听。当嘉助朗读了十行，老师便说："好，到这里暂停。"接着由老师朗读一次给大家听。

一到六年级分别练习了之后，老师就让大家慢慢收拾，并在讲台上说：

"这节课就上到这里。"一郎听了便在后头喊："起立。"敬礼后，大家依序走出教室，一群一群地玩着游戏。

第二节课是合唱，一年级到六年级都要参加。老师用曼陀铃帮大家伴奏，大家唱了五首之前唱过的歌。

三郎每首歌都会唱，而且唱得很好。时间飞也似地流逝。

第三节课换三、四年级练习国语、五、六年级练习数学。老师在黑板上出题，让五、六年级学生计算。一郎计算完之后，往三郎的方向稍微看了一眼——三郎用不知道从何得来的短炭笔，用很大的字在笔记本上认真计算。

九月四日，星期日

隔天早上晴空万里，河流里水声潺潺。一郎在途中邀请嘉助、佐太郎、悦治一起往三郎家的方向前进。他们穿过学校附近的河流下游，每个人都在岸边折了一枝杨柳。只要剥掉绿色的皮，杨柳看起来就像鞭子。他们一边挥舞手中的杨柳，一边往上方原野前进。才走了一会儿，大家就气喘吁吁的。

"又三郎真的会在涌泉那里等我们吗？"

"当然啊，又三郎不会说谎。"

"啊……好热，真希望有风啊……"

“风吹过来了哦。”

“一定是又三郎吹的。”

“太阳好像没有那么大了呢。”

空中出现些许白云。此时他们已经爬到很高的地方，他们的家都位于山谷里，现在看起来好远好远，一郎家小木屋的屋顶还反射着白色的光芒。

在树林里前进一段时间后，路开始变得湿湿的，而且暗暗的，看不清楚四周的环境。再走一会儿，他们就来到约定的涌泉旁。

“哦咿——大家早——”远处传来三郎高亢的呼喊声。

他们连忙跑过去。三郎一直在对面转角，看着他们一路爬上山。他们走到三郎面前时，气喘吁吁的，一句话都说不出来。嘉助还因为实在喘不过气，对着天空大喊“呼、呼——”，想加快呼吸。三郎见状放声大笑：“我等了好久，而且今天有可能会下雨哦。”

“那我们快点出发吧。不过在那之前，我要先喝水。”他们汗流浃背，不断掬起自纯白岩石旁涌出的冷水，喝了又喝。

“这里离我家很近。我家就在那片山谷上面一点的地方，我们回来的时候会经过。”

“嗯，我们先去原野上玩吧。”

就在他们打算继续前进时，涌泉发出咕噜声，像是在对他们说话；树林里也响起沙沙声。

一行人陆续穿越树林里的草丛与岩堆，终于来到上方原野附近。

大家停下脚步，自他们来的方向眺望西边的景色——光亮处与阴暗处层层叠叠，山丘另一边则是一整片沿着河畔的苍茫原野。

“嗳，有一条河呢。”

“好像春日明神的腰带哦。”三郎说。

“像什么?”一郎问。

“春日明神的腰带。”

“你有看过神明的腰带吗?”

“我在北海道看过。”

大家不知道该如何回应，只能沉默。

最后他们终于抵达上方原野，眼前的草丛因人们割过而显得低矮。草丛中央有棵大大的栗子树。栗子树的树干、树根被烧得焦黑，仿佛出现许多大洞；树枝上挂着破旧的绳子、草鞋。

“再走过去一点，就可以看见大家在割草的样子，而且那边有马。”一郎带头迅速走过低矮的草丛。

三郎走在一郎后面说:“这边没有熊，所以不需要用绳子绑住马。”

前进一段时间后，路边一棵大楢树下有个用绳子编织而成的袋子，四处都是一捆一捆的草。

背着(此处有缺字。——译者注)的两匹马看见一郎，用鼻子发出呼噜声。

“哥哥，在吗?哥哥，我们来了!”一郎擦拭汗水说。

“哦——等我一下，我现在过去。”

哥哥的声音自遥远的山洼传来。

太阳高挂在空中，哥哥笑着走出草丛。

“很累吧。还把大家都带来了，辛苦你们啦。回去的时候帮我把马带回去。中午应该就会变阴天，在那之前我得再割一些草。你们到堤防里玩吧，那边有二十匹牧场的马。”

哥哥往另一边走去，途中又回过头来说:“千万别走出堤防啊，迷路就危险了。中午我会再过来找你们。”

“嗯，我们会乖乖待在堤防里的。”

一郎哥哥走了。薄薄的云布满整片天空，太阳看起来像是一面白色的镜子，移动的方向正好和云相反。风吹来，还没有割过的草形成一道道波浪。一郎率先走向小路，一下子就走到了堤防边。堤防中断处以两根横向的粗木头当成栅栏。当悦治弯身打算钻过去时，嘉助说："我来把它拆掉。"接着他把一边螺丝拆下来，让大家跳进堤防里。另一边比较高的地方有七匹闪耀着咖啡色光泽的马，正悠哉地摇着尾巴。

"那些马明年要参加赛马，每匹都要一千圆以上呢。"一郎走过去说。

马儿好像很寂寞似的，一看见一郎，就凑到他的身边，接着伸长脖子，仿佛在跟一郎要些什么。

"哦……它们需要盐分。"大家说完便伸出手让马舔，只有三郎把手放进口袋里。他看起来不太习惯跟马相处，似乎觉得有些恶心。

"哈，又三郎怕马！"悦治大喊。

三郎立刻反驳："我才不怕哩！"接着把手放在马的面前。然而当马伸长脖子与舌头，他又立刻变脸，连忙将手放进口袋里。

"哈，又三郎怕马！"悦治再次大喊。三郎面红耳赤，非常难为情的样子。但他提议："那我们来赛马！"

大家心想——要怎么赛马？

三郎说："我看过好几次赛马。不过这些马没有鞍，所以不能骑。那我们就一人赶一只马，谁先把马赶到那棵大树下，就算谁赢。"

"感觉很有趣耶！"嘉助说。

"万一被牧马的人发现，我们一定会被骂。"

"没关系啦，而且赛马的马本来就要练习啊。"三郎说。

"那我就要这匹马。"

"我要这匹马。"

“那我就这匹吧。”

大家一边喊“咻——”一边用杨柳、芒草花穗轻轻地打着马，但马却一动也不动，有些马低头吃着草，有些马则伸长脖子眺望远方的景色。

当一郎站在原地拍击双手，并喊了一声“哒”，七匹马同时起跑。

“好棒!”嘉助兴奋地冲上前去。但这样一点也不像赛马——首先，七匹马向前跑的时候总是排成一排。再者，它们跑的速度也没有赛马那么快。但大家还是觉得很有趣，一边喊“哒”，一边努力在后头追赶。

马跑一会儿似乎要停下脚步，尽管大家有点喘，但还是没有停下脚步继续追赶。不知不觉间，马就穿越方才那个比较高的地方，往堤防中断处跑去。

“啊，马要跑出去了！马要跑出去了！快挡住它们，快点!”

一郎脸色发青地大叫。只见马直直地向堤防冲去，一下子就冲到栅栏处。一郎拼命地追，嘴里慌张大喊:“逗，逗，逗——”当他好不容易跑在栅栏边张开双手，已经有两匹马跳出栅栏了。

“快挡住它们，快点!”一郎使出吃奶力气大叫，努力要将栅栏恢复原状。另外三人连忙钻过栅栏，发现跳出去的那两匹马并没有继续向前跑，而是在堤防外吃着草。

“慢慢拉住它们，要慢慢的。”一郎拉住其中一匹马的铭牌。但当嘉助、三郎试图拉住另一匹马时，那匹马吓了一跳，沿着堤防飞也似地往南边跑。

“哥哥，马逃走了，马逃走了！哥哥，马逃走了!”一郎使劲大喊，三郎、嘉助死命地追着那匹马。

那匹马似乎抱着这次一定要逃跑的决心，远远地飞跃过草丛。

嘉助的脚麻痹无力，开始分不清方向。

他头昏眼花，不支倒地。在他倒进高高的草丛前，眼角瞥见那匹马的红色鬃毛与三郎的白色帽子。

嘉助仰望天空，不仅感觉白茫茫的天空不停旋转，薄薄的乌云如一道道灰影飞过他的眼前，头还非常的痛。

等他好不容易才站起来，气喘吁吁地往那匹马的方向走。草丛里仿佛出现一条路，似乎是那匹马和三郎跑过留下的痕迹。嘉助笑了，他心想——哈，就算又三郎追上马，一定也会吓得不敢动。

嘉助努力地追赶。

但他前进不到一百步，那道痕迹就在毛败酱、芒草和长长的蓟草之间分成二路，甚至是三路，害他不知道该往哪个方向追。最后只好大叫："喂——"

"喂——"听起来似乎像是三郎在某处回应他。

嘉助毅然决然地向正中央前进，但脚下的痕迹一会儿中断，一会儿横向穿越马不可能走过的地方。

天空暗了下来，布满厚重的云层。嘉助开始分不清东南西北。草丛里刮起一阵冷风，将一片片云雾快速吹过他的眼前。嘉助心想——啊……糟糕，接下来一定会发生很可怕的事。

事实上一如他担心的，很快地，他就再也看不见马走过的痕迹了。

啊……糟糕、糟糕。嘉助的心脏扑通扑通地跳。

草丛四处传来啪啪、沙沙的声响。雾气越来越浓，嘉助的衣服全都湿了。

嘉助扯开嗓门大叫："一郎、一郎！我在这里！"

却听不见半点回音。空气中弥漫又暗又凉的雾气，好比自黑板飘落的粉笔灰。四周忽然一片寂静，更显阴冷，嘉助甚至可以听见水滴自草上滴落的声音。

嘉助转身就跑，急着想返回一郎和其他人那里。然而他似乎搞错了方向，跑到一个长满蓟草的地方，而且还有许多方才没见过的石块。最后，一座从未听过的辽阔山谷，蓦地出现在他的眼前。芒草在风中发出沙沙声。过了一会儿，芒草就连同那片陌生山谷，隐没在雾气之中。

每当风吹来，芒草花穗看起来就像是在挥手致意:“啊，西先生。啊，东先生。啊，西先生。啊，南先生。啊，西先生。”

由于嘉助不太敢看，便闭上眼，撇过头去。就在那个时候，他忽然回过神来——眼前的草丛不仅有条昏暗的小路，还有许多马蹄的痕迹。嘉助大步走向那条小路。

那条小路忽宽忽窄，而且像是在转圈，让人不太安心。当嘉助走到那棵烧得焦黑的栗子树前，小路又分成好几条。

那里应该是野马聚集的地方，在雾里看起来就像一个圆形的广场。

沮丧的嘉助自昏暗的小路折返。陌生的草穗静静摇摆。当稍微强一点的风吹来，整片草丛就像接获指令般同时弯下腰。

天空出现啪滋啪滋的亮光。接着眼前那片雾里出现黑色的物体，形状像是一栋房子——嘉助不禁怀疑起自己的眼睛。他停下脚步确认，那看起来的确很像房子。胆战心惊的他凑近一瞧，才发现那是一块巨大而冰冷的黑色岩石。

天空不停地旋转，草丛“啪啦”一声同时甩落水滴。

如果走错路，走到原野的另一边，那又三郎跟我就死定了。嘉助一边想一边嘟哝，接着再次大喊:“一郎！一郎听得见吗？一郎!”

四下突然变亮，草丛仿佛散发着喜悦的气息。

嘉助清楚地听见有人说:“听说伊佐戸町那个电工的小孩，手脚都被山男绑起来了呢”。

没想到脚下的窄路陡然消失，周围陷入一片寂静。突然，一阵力道强劲的风吹了过来。

天空好似一面飞扬的旗子，看起来光彩夺目、火花迸溅。嘉助倒卧在草丛里，就这样睡着了。

仿佛过了好久好久……

又三郎在嘉助面前伸长双腿，仰望着天空。身上除了平时那件灰色上衣，外头还披了玻璃斗篷。不仅如此，他还穿着一双玻璃鞋。

栗子树的影子倒映在三郎的肩膀上，三郎的影子则倒映在草丛里。风呼呼吹着，又三郎不笑也不开口说话，只是用力紧闭双唇，默默地看着天空。突然间，又三郎轻飘飘地飞到空中，他身上的玻璃斗篷闪闪发光……

嘉助猛然睁开双眼，灰蒙蒙的雾气倏地飞过眼前。方才的那匹马就站在嘉助面前，它有些害怕，不敢和嘉助对望，转而看着其他方向。

嘉助跳起来抓住那匹马的铭牌，嘴唇发白的三郎随后出现。

嘉助不停地颤抖。

“喂——”一郎哥哥的声音，伴随轰隆轰隆的雷声自雾里传来。

“喂——嘉助听得见吗？嘉助——”那是一郎的声音。嘉助高兴地跳起来。

“喂——我在这里！一郎——喂——”

一郎哥哥和一郎突然出现在嘉助面前，嘉助“哇——”地一声哭了出来。

“我们找你找了好久。真是危险。你全身都湿了，还好吗？”一郎哥哥熟练地抱住马的脖子，为马套上马衔。

“来，我们走吧。”

“又三郎也吓了一跳吧。”一郎问三郎，但三郎沉默不语，只是点了点头。

大家跟着一郎哥哥攀上两道缓坡，缓坡后就是大路。一行人又走了一会儿。

天空出现两次闪电的微光，雾里有股野草烧焦的味道，还能看见袅袅白烟。

一郎哥哥喊道：“爷爷，找到了、找到了，大家都在。”

爷爷站在雾里说：“啊……我好担心啊……太好了……嘉助，你一定很冷吧，快进来。”看样子嘉助、一郎都是爷爷的孙子。

半焦的大栗子树下有个用野草做成的小遮雨棚，火堆燃烧着红通通的火焰。

一郎哥哥把马绑在楢树下。

马嘶嘶地叫着。

“真可怜啊，你们一定哭了很久吧。小朋友，你是采矿师的小孩吧。来，大家一起吃烤麻糬，我再烤一些。你们刚刚走到哪里去了？”

“笹长根那边。”一郎哥哥回答。

“好险、好险，要是掉进那片山谷，人啊马啊肯定都活不了。来，嘉助吃麻糬，小朋友你也吃。快吃快吃。”

“爷爷，我先把马牵回去吧。”一郎哥哥说。

“嗯，不然牧马的人又要罗嗦了。不过再等一下，看样子很快就要放晴了。刚才我好担心，还跑到虎山下去等呢。不过真是太好了，雨也要停了。”

“今天早上明明天气很好。”

“常有的事……啊，漏水了。”

一郎哥哥走出去后，天花板传来喀沙喀沙的声响。爷爷笑着往上看。

哥哥走进遮雨棚里说：“爷爷，外头变亮了，雨也停了。”

“这样啊，大家好好取暖，我也得去割草了。”

雾气逐渐消散，阳光洒进遮雨棚里。太阳西斜后尚未消散，如蜡一般的雾气闪闪发光。

水滴自草上滑落，所有花草叶茎都在吸收秋日最后的阳光。遥远西边的碧绿原野也仿佛停止哭泣，绽放耀眼的笑容。在阳光沐浴下，另一边的栗子树散发着苍翠的光芒。由于大家都累了，所以比一郎他们早一步离开原野。三郎在涌泉处与大家分别时，仍然一句话也不说，径直走回爸爸的小屋。

嘉助在回家的路上说：“那一定是风神，还有风神的儿子。那边是他们两个的地盘。”

“才不是呢。”一郎高声说道。

九月五日

隔天早上虽然下雨，自第二节课起开始逐渐放晴。到了第三节课的下课时间，雨已经完全停了，鳞状的白云在蔚蓝天空中向东边流转。雾气自山上的芒草、栗子树蒸发。

“放学以后我们去摘葡萄吧。”耕助悄悄地对嘉助说。

“好啊好啊，又三郎要不要去?”一听见嘉助开口问道，耕助就说：“喂！为什么要跟又三郎说!”

三郎仿佛没有听见耕助说的话：“好啊，我在北海道的时候也有摘过，我妈妈还腌了两大桶葡萄哦。”

“我也想去摘葡萄……”二年级的承吉说。但耕助却拒绝：“不要，我才不要带你去，我去年发现一个新的地方。”

大家一心想着放学。第五节课结束后，一郎、嘉助、佐太郎、耕助、悦治、又三郎，六个人从学校往河流上游的方向走。才走一会儿，就看见一间屋顶铺着稻草的房子，房子前有一块小小的田地。烟草下方的叶片卷曲，绿色的茎就像树林一样整齐排列，大家感觉有趣极了。

又三郎突然摘下一片叶子问一郎：“这是什么叶子?”

一郎吓了一跳，神色不太对劲地说：“哇——你竟然把叶子摘下来了……专卖局的人一定会骂你。天啊……”大家开始七嘴八舌地说：

“专卖局的人会一片一片数叶子，而且还会记在本子上。这可不关我的事。”

“对啊，也不关我的事。”

“也不关我的事。”

又三郎面红耳赤地转过头去，想着该如何回应。最后他生气地说：

“我又不知道不能摘！”

大家害怕地看向那间房子，观察是否有人瞧见他们。越过弥漫的水蒸气，烟草田后方那间房子悄然无声，看起来一个人也没有。

“那是一年级的小助家吧。”嘉助试图安抚大家。由于耕助一开始就因为太多人——包括三郎——要去他找到的葡萄丛而不太高兴，因此他故意对三郎说：“喂！又三郎，你不要以为不知者无罪哦！你一定要想办法恢复原状！”

不知该如何是好的三郎闷声不响，过了一会儿才说：“放在这里总可以了吧？”他把叶子放在烟草下。一郎随即说：“快走吧。”接着便向前走去。其他人也跟在后头，只有耕助留在原地说：“喂！这可不关我的事哦！哎呀，又三郎怎么把叶子放在那里呢？”但大家头也不回地走了，耕助只好跟上前去。

一伙人沿着两旁都是芒草的小路往山上走，发现面向南边的山洼有几棵栗子树，下面是一大片葡萄丛。

“这里是我发现的，大家不要摘太多哦！”耕助说。

三郎说：“那我来打栗子。”他捡起石头往树上丢，一颗绿色的栗子从树上掉下来。

三郎用木棒把栗子剥开，露出白色的果实。其他人认真地摘着葡萄。

当耕助经过一棵栗子树下，打算走向另一片葡萄丛时，栗子树上的水滴“哗——”一声打在他的身上，他的肩膀和背都湿了。吓了一跳的耕助往上看，才发现三郎已经爬到树上去了。嘴角带着笑意的三郎，用自己的袖口擦脸。

“喂！你在做什么！”耕助恶狠狠地瞪着他。

“是风吹的啦。”三郎在树上笑着说。

最后耕助离开树下，开始在其他地方摘葡萄。他把摘下来的葡萄随处堆放，一个人根本拿不动。不仅如此，他的嘴唇沾满葡萄的汁液，看起来变得好大。

“你摘那么多，没有办法带回家吧。”一郎说。

“我还要摘更多!”耕助说。

此时树上的水滴又“哗——”一声打在耕助的头上，耕助再一次往上看，却没有看见三郎的身影。

不过他发现身穿灰色上衣的三郎躲在树后——因为他看见三郎的手肘，还听见窃窃的笑声。耕助怒不可遏地说:“喂！你一定是故意的!”

“是风吹的啦。”

大家齐声大笑。

“喂！一定是你在那边摇树!”

大家再次大笑。

耕助又恶狠狠地瞪着三郎，就这样沉默了好一会儿。之后他大喊:“喂！又三郎，你最好从世界上消失啦!”

三郎不以为意地笑了。

“耕助，你这样说也太没有礼貌了吧。”

耕助想说些别的，但他实在太生气了，没有办法思考，所以又大喊了一次:“喂！你……又三郎，你们这些风最好从世界上消失啦!”

“你真的很没有礼貌,是你先捉弄我的啊。”三郎眨了眨眼睛,一脸无辜地说。然而耕助的怒气并没有消失，他又大喊了一次，这已经是第三次了。

“喂！又三郎，你们这些风最好从世界上消失啦!”

三郎似乎对耕助的话有点感兴趣，笑嘻嘻地问:“‘风最好从世界上消失’？为什么？你举例说明看看，快点。”又三郎的表情跟老师一样，还举起一根手指。耕助觉得好后悔，这样不仅像在考试，而且一点也不有趣。他稍微想了一下说:“你们老是在恶作剧，还会把伞吹坏。”

“还有呢?”三郎兴致勃勃地向前一步说。

“还会把树吹得东倒西歪。”

“还有呢？还有呢？”

“还会破坏房子。”

“还有呢？还有呢？还有呢？”

“还会把灯吹熄。”

“还有呢？还有呢？之后还有吗？”

“会把帽子吹走。”

“还有呢？之后还有吗？还有吗？”

“会把斗笠吹走。”

“还有呢？还有呢？”

“还有……嗯……嗯……会把电线杆吹倒。”

“还有呢？还有呢？还有呢？”

“还有，会把屋顶吹跑。”

“哈哈哈，屋顶是房子的一部份啊。怎么样？你说啊，还有呢？还有呢？”

“还有……嗯……还有……会把台灯吹熄。”

“哈哈哈，台灯也是一种灯啊。只有这样吗？嗳，还有呢？你说啊，你说啊。”

耕助一时语塞——因为他几乎已经列出了风所有的缺点，实在想不出来了。三郎觉得有趣极了，便举起一根手指说：“还有呢？还有呢？嗳，你说啊。”

耕助涨红着脸，好不容易才回答：“会破坏风车。”

三郎一听差点跳了起来，他不停地大笑。大家也笑了，笑了又笑，笑了又笑。

三郎好不容易才镇静地说：“你看，你竟然说风车。风车怎么会希望风消失呢？虽然风偶尔会破坏风车，但大部分时间，风都在吹动风车啊——所以风车不会讨厌风。而且你从刚才开始就很好笑，一直支支吾吾的，‘嗯……嗯……’最后竟然还说风车。真是太好笑了……”三郎笑到眼泪都要掉出来了。耕助实在不知该如何回应，甚至忘记自己还在生气，最后也跟着三郎笑了起来。三郎把耕助捉弄他的事完全抛在脑后，他说：“耕助，以后别再这样捉弄别人啰。”

“我们走吧。”一郎给了三郎五串葡萄，三郎给了每个人两颗栗子果实。接着大家一同下山，趁天还亮着回到家里。

九月七日

隔天早上空气里一片雾蒙蒙的，连学校后山也看不太清楚，但雾气从第二节课就开始散去。很快，晴空万里、艳阳高照，中午就热得跟夏天一样。这一天，三年级中午就先下课了。

到了下午，闷热的天气不仅使老师在讲台上频频擦汗，就连练习习字的四年级学生、练习画图的五、六年级学生都不停地打瞌睡。

放学后，大家随即一齐前往河边。嘉助对三郎说：“又三郎，你要不要游泳？其他小朋友都已经在那边玩水了。”

三郎跟着嘉助来到河边，那里比他们之前到上方原野时还要靠近下游，右边的支流在此形成一片还算宽广的河岸，紧邻皂荚树生长的山崖。

“哦——”已经先到的小朋友们举起双手大喊。一郎和其他人先是在河岸上的合欢树之间赛跑，突然衣服一脱就“噗通——”一声跳进水里。他们排成斜斜的一排，接着以双脚一会儿弯曲一会儿伸直的姿势踢水，往对岸游去。

站在三郎他们前面的小朋友也追上去开始游泳。

三郎脱下衣服开始游泳后，途中却突然放声大笑。一郎到了对岸后，将头发梳整得跟海豹一样。嘴唇发紫的他一边发抖一边说：“喂！又三郎，你为什么要笑？”三郎一边发抖一边走上岸。他说：“河水好冷哦。”

“又三郎，你为什么要笑?”一郎又问。

又三郎笑着说:“你们游泳的姿势好奇怪，为什么脚要‘咚咚咚’地踢水呢?”

“喂——”一郎有点难为情地说，“来捡石头吧。”接着捡起白色的圆形石头。

“好啊，好啊!”小朋友们大声附和。

“我要爬到那棵树上丢石头。”一郎爬到山崖边的皂荚树上说：

“我要丢啰，一、二、三。”接着把那颗白色石头“噗通——”一声丢进水里。大家争先恐后地跳进水里，试图像水獭一样潜到水底，捡起那颗石头。但他们都还没有潜到水底就得起来换气，上上下下在水面掀起一阵雾气。

三郎原本只是在一旁看，但他发现大家一直浮起来，索性自己跳进水里。不料他也还没有潜到水底就得起来换气，其他人看了哈哈大笑。此时有四个大人打着赤膊、拿着网子，从对岸合欢树那里往他们的方向走来。

一郎在树上压低声音对大家喊:“喂，他们要炸鱼了。大家不要再捡石头了，装作什么都没看见，往下游走。”

于是大家尽可能装作什么也没看见的样子，往下游的方向游去。在树上的一郎把手放在眉毛上，试图让自己看得更清楚。他再次确认后，一个翻身就跳进水里，迅速地追上大家。

大家站在河流下游的一片浅滩上。

一郎说:“大家继续玩，装作什么都没看见的样子。”于是有人捡石头、有人追鹡鸰，佯装完全没有发现大人在炸鱼的事。

平常在下游挖矿的庄助在对岸观察了他们一会儿，接着盘坐在砂石上，慢慢自腰间取出香烟盒与烟管，大口大口地吞云吐雾起来。当孩子们正觉得不可思议时，庄助又从腰间拿出其他物品。

“要炸了，要炸了!”大家忍不住大喊，一郎连忙挥手制止。庄助静静地以烟管的火点燃手里的物品，站在他后头的其中一人立刻潜进水里布网。庄助慢慢起身，一走进水里就立刻将手里的物品往皂荚树下丢。没多久，“碰——”地一声水花四溅，空气嗡嗡地响了好一阵子。对岸的大人全都跳进水里。

“好,要流过来了,大家快抓。”一郎说。过不久,耕助就抓住一只小指般大小,已经失去意识的茶色杜父鱼。接着嘉助发出吸食瓜类的声音，奋力抓住六寸大小的鲫鱼。嘉助兴奋地涨红了脸，大家也跟着欢呼。

“安静，安静!”一郎说。

此时五六个打着赤膊或只穿一件衬衫的大人自对岸跑来，后头还有一个穿着网状衬衫的人骑马疾奔——他们都是因为听见爆炸的声音，所以跑过来看。

庄助双手抱胸，看着大家抓鱼。他说:“鱼好少呀。”

在大家没有察觉的时候,三郎走到庄助身旁,接着把两只中型鲫鱼丢进河里:“我要把鱼还回去。”庄助上下打量三郎说:“这小孩哪里来的啊，真奇怪。”

三郎默默走回其他人身边。庄助的脸色变得很难看。大家看了哈哈大笑。

庄助闷声不吭地往上游走，其他大人也跟上前去，包括那个穿网状衬衫骑马的人。耕助游过去把三郎放进河里的鱼抓回来，大家又笑了。

“等一下我们再来分鱼!”嘉助在河岸上跳着大叫。

大家用石头围起来做成小小的鱼缸，把抓到的鱼放进去，这样鱼就算恢复意识也不会逃走。接着他们往上游的皂荚树前进。那天真的很热，合欢树看起来就像身处夏天般奄奄无力，天空也好比深不见底的深渊。

此时突然有一个人大喊:“啊，有人在破坏我们刚刚做的鱼缸。”仔细一瞧,他们看见一个鼻子尖尖，穿着西服、草鞋的男人，拿着像是拐杖的物品，把大家抓到的鱼弄得乱糟糟的。

“啊，他是专卖局的人，专卖局的人!”佐太郎说。

“又三郎，他一定是发现烟草叶的事，所以来抓你。”嘉助说。

“那又怎么样？我不怕!”三郎咬着牙说。

“大家把又三郎围起来、围起来。”一郎说。

于是大家让三郎躲进皂荚树的枝叶里，围坐在树上。

那个男人踏着河水走向他们。

“来了来了，来了来了，来了。”大家屏气凝神。不过那个男人并没有打算逮捕三郎，自顾自地走过大家面前，朝上游的浅滩走去。而且他没有立刻过河，来回了好几次，像是在清洗弄脏的草鞋与布绳。尽管大家越来越不害怕，却觉得很不舒服。最后一郎忍不住说：

“喂！我先喊，大家听到‘一、二、三’再跟着喊‘老师不是常说吗，不要污染河水哦’，一、二、三——

“不要污染河水哦，老师不是常说吗——”

那个人吓了一跳，却一副听不懂他们在说什么的样子。大家看了继续喊：“不要污染河水哦，老师不是常说吗——”

鼻子尖尖的人嘟起嘴，做出吸烟的嘴型说：“你们会喝这里的水吗？”

“不要污染河水哦，老师不是常说吗——”

鼻子尖尖的人伤脑筋地说：“我不能在河里走路吗？”

“不要污染河水哦，老师不是常说吗——”

那个人为了掩饰自己的慌张，刻意慢慢过河，接着以在阿尔卑斯山上探险的姿势，斜斜地攀上以绿色黏土、红色砂石形成的山崖，走进山崖上的烟草田。

三郎说：“什么嘛，结果不是来抓我的。”接着“噗通——”一声跳进水里。

大家也抱着五味杂陈的心情，一个个从树上跳下来。他们游到河边，用手帕把鱼包起来，各自带回家里。

九月八日

隔天早上，上课前大家在操场上吊单杠、玩“藏棒子”游戏，迟到的佐太郎偷偷背着放了些什么的竹篓走进学校。

“那是什么？那是什么？”大家立刻冲过去看。佐太郎用袖子遮掩，并急急忙忙地往学校里的岩洞走，大家随即追上前去。一郎看了一眼，不禁脸色一沉——那是用来让鱼昏过去的山椒粉，用山椒粉跟用火药一样，都会被警察逮捕。然而佐太郎却把它藏在岩洞旁的芒草里，若无其事地回到操场上。

之后大家不断窃窃私语讨论这件事，一直到上课为止。

这一天也是十点就开始变热，大家都迫不及待等着放学。到了下午两点，第五节课结束后，大家便飞也似地冲出学校。佐太郎用袖子遮掩竹篓，在耕助等人包围下，一行人来到河边。三郎、嘉助也在里头。大家迅速穿越弥漫——举办祭典时才会闻到的——瓦斯味的河边，来到长有皂荚树的河边。就像夏天的下午，云在东边天空逐渐累积，皂荚树闪耀着绿色光芒。

大家脱下衣服后站在河边。佐太郎看着一郎说：“排好听我说。鱼浮起来的时候，大家就到水里去抓，抓多少都算你们的。听到了吗？”

年纪较小的小朋友围在河边，个个兴奋地涨红了脸，互相推挤。阿吉等三四个人早已游到皂荚树下预备好了。

佐太郎大摇大摆地走到上游河滩，用水哗啦哗啦地冲洗竹篓。大家都站在原地直盯着水面瞧。然而三郎不一样，他望向飞过白云的黑色小鸟；一郎则是坐在河边，四处敲打石头。过了好一阵子，都没有鱼浮起来。

佐太郎一脸认真地凝视水面。大家都觉得如果是用火药炸鱼，应该已经抓到十只了。大家又静静地等了一会儿，还是没有鱼浮起来。

“鱼怎么都不浮起来啊?”耕助大叫。佐太郎虽然抖了一下，但还是全心全意地看着水面。

“都没有鱼啊……”阿吉在另一边的树下说。大家叽叽喳喳地你一言我一语，之后一起跳进水里。

佐太郎难为情地蹲下，又盯着水面好一会儿，之后才站起来说：“我们来玩‘鬼抓人’吧。”

“好啊，好啊!”大家齐声欢呼。为了猜拳，他们把手伸出水面。原本在游泳的人连忙游到河滩上，把手伸出水面。坐在河边的一郎也走过去伸出手，而且一郎规定只要躲到绿色黏土的山崖旁——昨天那个鼻子尖尖的怪人往上爬的地方——“鬼”就不能抓那个人。接着他们决定用“黑白黑白”的方式来决定谁当鬼，但悦治却出了“剪刀”——大家不但嘲笑悦治，还让他当“鬼”。悦治嘴唇发紫地冲到河边，因为他抓到喜作，所以就变成两个“鬼”。大家在河边、水里跑来跑去，一下抓人、一下被抓，玩了好几次“鬼抓人”。

最后只剩下三郎一个人当“鬼”,他一下子就抓到吉郎。大家都在皂荚树下看。三郎对吉郎说:“吉郎,你要从上游追过去哦。听到没?”吉郎张开嘴巴、伸开双手，从上游满是黏土的地方追过去，但三郎却静静地站在原地看。大家早已做好跳水的准备，一郎还爬到白杨树上。就在那个时候，吉郎一不小心跌倒了。大家“哇——哇——”地叫着。吉郎跌得七荤八素，好不容易才爬上树根，站稳脚步。

“又三郎，来啊!”嘉助嘴巴张得大大的、双手伸得直直的，一副看不起三郎的样子。三郎从刚才就一直很生气,他认真地说:“好,你给我等着。”接着“噗通”一声跳进水里，拼命往那边游去。

由于三郎的红发不断拍击水面，加上他在水里实在泡太久了，嘴唇有些发紫——年纪比较小的小朋友看了都非常害怕。最重要的是，绿色黏土的山崖边很窄，没有办法容纳所有人。而且山坡很滑，站在下面的四五个人必须抓着上面的人才不会掉进河里。只有一郎安稳地坐在最上面，开始给大家出主意，大家也把头凑近了听。三郎往大家的方向游，大家低声讨论计策。三郎突然从水里冲出来,大家急忙躲避,导致黏土有些向下滑。三郎兴奋地往大家的方向泼水，过了一会儿，大家同时滑下山坡，全部都被三郎抓到，一郎也不例外。只见嘉助一个人往上游逃,三郎立刻追过去。最后嘉助不仅被三郎抓到,还转了四五圈。他看起来就像喝了水,咕噜咕噜地说:“我不玩了,这种‘鬼抓人’一点都不好玩。”年纪比较小的小朋友都爬上岸，只剩三郎独自站在河里的皂荚树下。

此时，天空布满乌云、白杨树异常苍白，整座山都暗下来，看起来恐怖极了。

当上方原野传来轰隆轰隆的雷声，感觉就像整座山都在怒吼，天空冷不防地下起午后雷阵雨。风也呼呼地吹来。河面上溅起一整片水花，让人分不清是水还是石头。大家抱着衣服从河边跑到合欢树下躲雨。此时三郎第一次露出害怕的神情，从皂荚树下往大家的方向游。

雨声霎霎霎雨三郎，
风声呼呼呼又三郎。

大家开始异口同声叫。

三郎突然变得慌张,仿佛有人在水里拉住他的脚。他好不容易才游到河边,立刻气冲冲地冲到大家面前，全身发抖地问:“刚刚是你们在叫吗?”

“不是，不是!”大家异口同声地说。阿吉还挺身说:“不是!”三郎不太高兴地往河边望去，一如往常，他紧紧咬住苍白的嘴唇说:“什么嘛……”他还是不停发抖。

大家趁雨稍微停歇时，便各自回家了。

九月十二日，第十二天

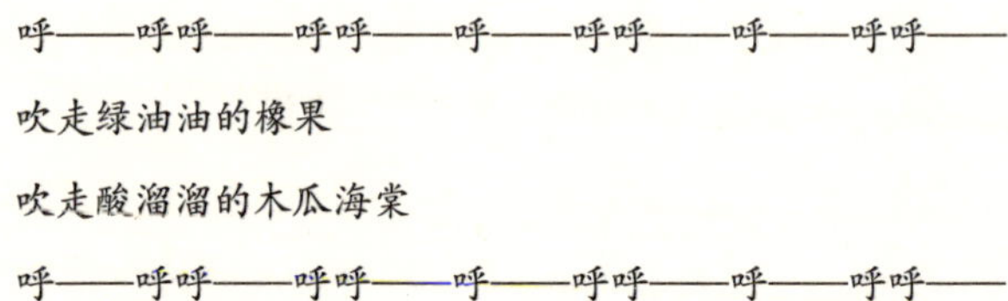
呼——呼呼——呼呼——呼——呼呼——呼——呼呼——

吹走绿油油的橡果

吹走酸溜溜的木瓜海棠

呼——呼呼——呼呼——呼——呼呼——呼——呼呼——

一郎在梦中又听见了又三郎唱的那首歌。

他惊醒后发现窗外真的刮着风，整片树林都在呼啸。天就要亮了，微微的白光洒在纸门、灯笼与整间屋子里。一郎迅速绑上腰带，穿着木屐穿过马厩。他一打开门，冰冷的雨水就随风呼呼地吹进屋子里。

马厩的后门忽然倒下来，马吓了一跳，鼻子里发出呼噜的声响。一郎用力地吐出一口气，仿佛风吹进了他的胸口深处。接着他走到外头。天已经完全亮了，地面上湿湿的。他们家前面那排栗子树看起来异常苍白，在风雨交加之中，不仅叶子被刮走，栗子也纷纷掉落地面。乌云散发诡谲的光芒，不停地往北边移动。遥远的树林就像波涛汹涌的海面，发出一阵汩汩的声响。

尽管脸上满是冰冷的雨水，衣服差点就要被阵风卷走，一郎却站在原地凝望天空，竖耳细听远方的风声。

蓦然，他的胸口似乎掀起一道道风浪，但他仍然静静地听着风声。当他发现风声越来越远，心就噗通噗通跳得越来越快。一直到昨天，风都静静地盘旋在山丘、原野一带的天空，今天清晨却一口气动了起来，“呼呼——呼呼——”地往塔斯卡罗拉海沟的北边吹去。一郎涨红了脸，大口大口地呼吸，仿佛自己也可以在空中飞翔。最后他冲进屋里，深深地呼吸。

“啊……风好大，烟草、栗子今天一定都会遭殃。”一郎爷爷站在门前，静静地看着天空。一郎急急忙忙从井里汲起一桶水，将厨房擦干净。接着拿出脸盆，噗噜噗噜地洗脸。最后从架子上拿出已经冷掉的白饭与味噌，狼吞虎咽起来。

“一郎，汤快煮好了，再等一下。你今天为什么要这么早去学校?”妈妈往灶里添柴火，给马准备吃的。

“嗯，我怕又三郎飞走。”

“又三郎是什么？是一种鸟吗?”

“不是，是一个叫又三郎的人。”一郎匆匆吃饱后把碗洗干净，接着穿上挂在厨房里的雨衣，拖着木屐往嘉助家冲去。

嘉助刚起床，他说:“我现在正要吃早餐。”于是一郎在马厩前稍微等了一会儿。

不久后，嘉助穿着小小的蓑衣走出来。

狂风暴雨中，两人全身都湿透了，好不容易才走到学校。当他们走进校舍，教室里空无一人。雨从窗缝渗进教室，整个地板湿淋淋的。一郎环视教室后说:“嘉助，来帮忙扫水啊。”一郎拿起扫把，将水扫进窗户下方的洞里。

老师听见声响，走进教室察看。不可思议的是老师竟然穿着夏季和服，手里还拿着红色的圆扇。

“你们两个好早呀，在打扫教室吗?”老师问。

“老师早安。”一郎说。

“老师早安。”嘉助说完立刻问，“老师，又三郎今天会来吗?”

老师想了一会儿说:“又三郎？你是说高田同学吗？嗯，高田同学昨天和爸爸一起搬走了，因为是星期天，所以没有办法跟大家打招呼。”

“老师，他们是飞走的吗?”嘉助问。

“不是，因为高田同学的爸爸收到公司的电报，必须回去一趟。之后虽然高田同学的爸爸会再过来，但高田同学会留在原本的学校，跟妈妈一起住。”

“为什么公司会发电报给高田同学的爸爸呢?”一郎问。

“听说这里的钼矿短期内没有办法开采。”

“他一定是风神的儿子！他一定是又三郎!”嘉助高声叫道。

值班室忽然传来警铃声——老师一听，立刻拿着红色的圆扇，匆匆地赶了过去。

剩下的两人站在原地相望，就像是在确认对方真正的想法。

风吹个不停，窗户咯咯作响，窗外的景色因雨水而变得模糊。

贤治小专栏3

心目中的理想女性；尴尬的咖喱事件

贤治一生从未娶妻。有关贤治的恋爱经历大约如下：

*盛冈中学毕业后，住院接受鼻炎手术的他，爱上了悉心照护自己的同年护士，提出希望与这名护士结婚的要求，遭到父母亲反对。(十八岁)

*对于盛冈高等农林学校的挚友保阪嘉内，及亲妹妹宫泽敏有疑似恋爱的感情。

*曾被小学教师高濑露追求，拒绝对方。(三十一岁)

*曾与友人的妹妹伊藤千惠相亲，结果不了了之。(三十二岁)

其中，贤治与高濑露之间还有一则有趣的传闻。这名二十多岁的女教师个性活泼，喜欢照顾人。在贤治独居从事罗须地人协会的活动期间，经常主动照顾他的生活起居。察觉到女方的好意后，贤治开始明显回避。某次协会成员聚会的时候，露煮了咖喱饭请众人吃。贤治却碰也不碰，还说："请不要管我。我没有吃的资格。"据说在众人面前被贤治公然拒绝的露愤然跑到楼下，用力敲打风琴，借此发泄怒气。

贤治曾对朋友这么形容过"心目中理想的女性"：

像朝露般出现在原野新鲜的餐桌旁，彼此打过招呼后，给了我一碗早餐，然后翩然离去。隔天早晨再次像这样出现在我身边。如果是这样的女性，我愿意跟她结婚。如果偶尔能够帮我修正大提琴的走调，或是念童话或诗歌给我听，愿意陪我一起忍耐着听完整张唱片，那就太完美了。

由此可知，贤治理想中的异性是完全没有现实感、犹如精灵般的女子，正因如此他才会对于充满现实感、个性积极的高濑露如此抗拒吧。

夜鹰之星

此时又有一只甲虫飞进夜鹰的咽喉里，夜鹰可以感觉到甲虫在自己的咽喉里拼命拍打翅膀。尽管夜鹰不顾一切地将它吞进了肚子里，却突然觉得心脏跳得好快。

夜鹰是一种长相丑陋的鸟。

脸上长满了斑，就像抹了味噌一样；而且嘴巴扁扁的，仿佛是一条裂到耳旁的裂缝。

加上它的脚没有什么力气，所以无法走太远。

光是看到夜鹰的脸，其他鸟儿就会露出厌恶的神情。

好比云雀这种鸟，自己也其貌不扬，却比夜鹰好太多了。所以当云雀碰巧在傍晚或其他时间遇到夜鹰，就会露出厌恶的神情。不仅闭上眼睛，还会把头撇开表现出不屑的样子。一些身形比较小、话比较多的鸟，也总是一看见夜鹰就开始说它的坏话。

“哼，它又在外头闲晃了。你们看它的长相，真是丢我们鸟类的脸。”

“对啊，嘴巴也大得太夸张了吧，难不成它是青蛙的亲戚吗?”

这就是夜鹰平时的处境。如果它不是夜鹰，而是普通的老鹰，这些上不得台面的小鸟光是听到它的名字，都一定会吓得浑身发抖。不仅如此，它们还会脸色苍白地缩起身子，连忙躲进枝叶的阴影处。然而，夜鹰非但不是老鹰的兄弟，也不是老鹰的亲戚。更有甚者，夜鹰是美丽的翠鸟与蜂鸟——鸟类中的宝石——的大哥。它们三兄弟，蜂雀吸花蜜、翠鸟吃鱼，夜鹰则是以吃昆虫维生。由于夜鹰没有尖锐的爪子，再怎么弱小的鸟，都不会怕它。

既然如此，它的名字里为什么会有一个“鹰”字呢?有两个原因。首先，当夜鹰张开翅膀，迎风飞翔的时候，看起来就跟老鹰一样。再者，它的叫声跟老鹰也有几分相似。很自然地，老鹰对这件事非常不满意。只要一看见夜鹰，就会生气地说:“快点把你的名字改掉，把名字改掉!”

某天傍晚，老鹰决定直接到夜鹰家。

“喂，你在家吗？为什么还不把名字改掉？真是不知羞耻啊。你和我天差地别，我可以在蔚蓝的天空里四处翱翔，你只敢在阴天或夜晚时现身。而且，你看看我的嘴巴还有爪子，再看看你自己。这样你还有脸不改名字吗？”

“老鹰先生，这么说太为难我了。我的名字也不是自己选的，是上天给我的。”

“才怪，我的名字才是上天给的，你的名字就是跟‘夜晚’和‘老鹰’大爷我借的，快点还来。”

“老鹰先生，这真的没有道理。”

“怎么会没有道理。我帮你取个好听的名字吧，市藏怎么样？市藏这个名字很棒吧？而且你改名的时候，要好好宣传才行。听好了，你要在胸前挂一块写着‘市藏’的牌子，挨家挨户地通知大家‘我改名为市藏了’。”

“这我真的做不到。”

“你做得到，而且一定要这么做。我给你的期限是后天早上，你如果没这么做，我就把你给杀了。记住——如果你不照做，我就把你给杀了。我后天一早就会挨家挨户地去确认你有没有通知它们改名的事情。只要有人说没有，你就完了。”

“可是这真的没有道理啊。真要我那么做，我宁可选择死亡。你现在就把我杀了吧。”

“反正你仔细想想，市藏这个名字很不错啊。”老鹰奋力张开翅膀，飞回自己的鸟巢。

夜鹰闭上眼睛，默默地回想。

——大家为什么这么讨厌我呢？就因为我的脸像是抹了味噌，嘴巴像是裂开一样吗？可是我出生到现在又没做过什么坏事，为什么连我看见绿绣眼宝宝跌出鸟巢，好心把它送回去，绿绣眼都要像看见小偷一样，狠狠地从我手中抢过宝宝呢？而且还一直笑我。这次老鹰竟然要我改名叫市藏，还要我在胸前挂牌子……真是太痛苦了……

天色渐渐暗了下来。夜鹰飞出鸟巢。低垂的云朵泛着不怀好意的光，夜鹰无声地穿梭在云朵之间，往前飞去。

它张大嘴巴、伸直翅膀，看起来就像一枝横越天空的箭。好几只小昆虫，飞进它的咽喉。

夜鹰一会儿飞得很低，身体几乎紧贴着地面，一会儿展翅高飞。此时的云朵看起来是灰色的，前方的山林竟陷入一片红色的火海。

夜鹰奋力张开翅膀，仿佛撕破天空般。一只甲虫在飞进夜鹰咽喉里时不断挣扎，尽管夜鹰立刻将它吞进肚子里，却忽然觉得有些怪怪的。当天空完全暗下来，只能看见东边山林的红色火海时，夜鹰不禁心生畏惧，它胸口一紧，继续往高处飞去。

此时又有一只甲虫飞进夜鹰的咽喉里，夜鹰可以感觉到甲虫在自己的咽喉里拼命拍打翅膀。尽管夜鹰不顾一切地将它吞进了肚子里，却突然觉得心脏跳得好快。最后，夜鹰放声大哭，一边哭一边在空中盘旋。

——啊……我每天晚上杀死这么多独角仙还有其他昆虫，这次换老鹰要杀死独一无二的我。好痛苦啊，真的，真的好痛苦。我今后再也不吃昆虫了，就让我饿死吧。不，在那之前，老鹰已经把我杀死了；在死之前，让我飞到天空的另一端吧。

山林的火海就像流水般扩散，仿佛连云朵也燃烧着红色的火焰。

夜鹰先飞到弟弟翠鸟家。美丽的翠鸟正好起身，观望着森林大火，它一看见夜鹰的身影就说："哥哥，有什么急事吗？"

"因为我要到很远的地方去，所以想来见你一面。"

"哥哥，你不能走啊。蜂鸟在这么远的地方，你要是离开，就只剩我孤伶伶的了。"

"即使如此也没办法，今天就什么也别说了吧。还有，你以后别再恶作剧抓鱼来玩了。知道吗？永别了。”

“哥哥，等一下，究竟发生了什么事？你再多待一会儿吧。”

“待再久也是一样，帮我跟蜂鸟打声招呼。永别了，我们以后不会再见面了。永别了。”

夜鹰哭着回到家中。短暂的夏夜就要结束了。

羊齿叶吸收清晨的雾气，看起来有些苍白地随风摇曳。夜鹰高声鸣叫，它将鸟巢整理干净、梳整全身的羽毛，接着决定飞出鸟巢。

此时雾气散去，太阳正巧从东边升空。眩目的光芒让夜鹰眼冒金星，但它还是咬牙忍住，像一枝箭般飞去。

“太阳啊太阳，请带我到您那里去吧，烧死也无所谓。即使我长得这么难看，烧死以后也能成为小小的亮光吧。请带我到您那里去吧。”

只是不管它怎么飞，都无法靠近太阳，太阳反而显得越来越小、越来越远。太阳说：“你是夜鹰吧，嗯，我想你一定很痛苦。不过你应该去跟星星商量，毕竟你是属于夜晚的鸟啊。”

夜鹰向太阳行礼时，突然觉得一阵天旋地转，就这样跌在原野的草地上。接着，它做了一场梦——有时觉得自己浮游在红色、黄色的星星之间，有时觉得自己随风飘扬，有时又觉得像是被老鹰抓住了。

夜鹰感觉脸上凉凉的，于是睁开眼睛。露水自幼嫩的芒草叶片上滑落。夜已经深了，满天的星星在蓝黑色的空中闪耀。夜鹰飞向天空。今晚也能看见燃烧的山林，夜鹰在微弱的火光与冰冷的星光中盘旋，再盘旋，接着下定决心，往西边美丽的猎户座飞去。它一边飞一边喊：“星星啊，西边的星星，请带我到您那里去吧，就算烧死也无所谓。”

猎户座正在唱着雄壮的歌曲，对夜鹰不理不睬。夜鹰好想哭，摇摇晃晃地坠落。它好不容易才停下来，在空中盘旋。过一会儿后，它一边向南飞一边喊：

“星星啊，南边的星星，请带我到您那里去吧，就算烧死也无所谓。”

大犬座闪耀着蓝色、紫色与黄色的美丽星光，他说：“说什么傻话，你以为你是谁？老鹰不是鸟吗？你得飞亿年、兆年、亿兆年，才到得了我这里啊。”说完就转过头去了。

失望的夜鹰又开始坠落，接着又在空中盘旋，下定决心往北边的大熊座直直地飞去。它一边飞一边喊：“北边的蓝色星星啊，请带我到您那里去吧。”

大熊座冷冷地说：“不要想这种无聊的事，先让自己冷静下来再说，你可以飞进有冰山的大海里，如果附近没有大海，那就飞进装着冰水的杯子里吧。”

失望的夜鹰再次坠落，又再次在空中盘旋。此时恰巧银河自东边升起，它对着银河彼岸的天鹰座大喊：“东边的白色星星啊，请带我到您那里去吧，就算烧死也无所谓。”

天鹰座傲慢地说：“哎呀，这可不成。要成为星星，得具有相衬的身分才行，而且需要很多钱。”

夜鹰气力全失，它收起翅膀，直直地往下坠。然而，就在它无力的双脚只差一点点就要碰到地面的时候，它又像狼烟般冲向天空。当它飞到半空中，突然就像攻击野熊的老鹰般抖动着身体，倒竖起羽毛。

接着夜鹰发出“奇嘶奇嘶奇嘶奇嘶奇嘶”的呐喊，那叫声洪亮极了，简直跟老鹰一模一样。在原野、森林里沉睡的鸟类都睁开眼睛，胆战心惊地仰望星空。

夜鹰一路向上飞，再向上飞。直到山林的火焰看起来就像烟蒂一样渺小，夜鹰还是继续向上飞。

因为寒冷，它的气息在胸口凝结成白色的冰；因为空气稀薄，它必须不断挥动翅膀。

远方星星的大小却没有任何改变。

现在的它，呼吸时得和踩风箱一样费力，冷风与冰霜如刀如剑地刺痛了它。

最后，夜鹰的翅膀麻痹了，它眼眶含泪再度仰望天空。是的，这就是夜鹰死前的瞬间。没有人知道夜鹰后来是坠落，还是升天；是头下脚上摔落，还是相反。可以确定的是，它的心情非常平静，尽管渗血的大嘴有些扭曲，但它还是露出了微微的笑容。

一段时间后，夜鹰睁开双眼，看着自己的身体化为磷火般美丽的蓝色光芒，静静地燃烧。

它紧邻仙后座，就在银河苍白的流光后方。

夜鹰座不断地燃烧，直到永恒。

直到现在。

贤治小专栏4

《要求很多的餐馆》是订单很少的书

贤治一生中唯一领过的稿费，是在杂志《爱国妇人》上分次刊载童话《渡雪原》，稿费一共五圆。他生前出版的作品是自费出版的诗集《春与修罗》、童话集《要求很多的餐馆》。《春与修罗》曾获得少数作家好评，《要求很多的餐馆》却戏剧性地成为订单很少的书。

大正十年，二十五岁的贤治离家前往东京传教，七个月内写了一大皮箱的童话，却没有杂志社或出版社愿意刊载或出版这些作品。当时贤治曾委托弟弟清六将这些童话书稿带往东京的出版社，询问是否愿意出版，可惜遭到了出版社编辑的拒绝。

大正十三年出版的《要求很多的餐馆》首印仅一千本。出版这本书的东京光原社既不是出版社，作者的版税也是以一百本书籍代替的。即便如此，贤治对这部作品仍旧充满信心，他将这本书当成十二本系列作品的第一本前锋作，可惜文坛对这本书的回响很少，销量极差。系列作的出版计划迫不得已只好中止。

贤治不忍心看自己的作品被摆放在旧书店前日晒雨淋，还向父亲政次郎借钱，自掏腰包买了两百本下来。

正如梵高生前只卖出一幅画作，如今却成为炙手可热的艺术家一样，《要求很多的餐馆》也在多年后成了日本家喻户晓的童话故事，陪伴了许多儿童成长，这恐怕也是贤治当初难以想象的事吧！

大提琴手高修

高修用手帕塞住自己的耳朵，接着像暴风雨过境般演奏起《印度的猎虎人》这首歌。花猫歪着头听了一会儿，接着猛然眨了眨眼睛，拔腿就想往门外冲。

高修在镇上电影馆担任大提琴手，但大家对他的评价并不高。与其说是评价不高，应该说他的表现是乐团里最差的，所以老是被团长欺侮。

下午，大家在休息室里围成一圈，练习这次要在镇上音乐会表演的《第六号交响曲》。

小号认真地唱着乐曲。

小提琴的乐音犹如阵阵微风般怡人。

单簧管也发出“噗——噗——”的声音。

高修也紧闭双唇，努力地睁大眼睛。他一边看乐谱一边专心地拉着大提琴。

团长突然拍手，大家便停止演奏。团长大吼：“大提琴拖拍，是咚咚咚咚咚咚迪，从这里开始，预备——”

大家从稍微前面一点的地方重新演奏。高修满脸通红，额头上满是汗水，好不容易才跟上拍子。他稍微松了一口气，跟着大家继续演奏，但团长又拍手了：“大提琴，走音。真是伤脑筋，我可没时间从DO、RE、MI、FA开始教你。”其他人很是同情，纷纷低头佯装在看自己的乐谱或乐器，高修连忙重新调弦。事实上，高修除了技巧不好，所使用的大提琴也很差劲。

“从前一个小节开始，预备——”

大家重新开始演奏。高修认真到嘴都歪了。这次进行得非常顺利，没想到团长突然又拍手了。高修吓了一跳，心想——难道我又拉错了吗？所幸这次是别人犯错，于是高修也像其他人一样，刻意凑近自己的乐谱，装出一副若有所思的样子。

“从下一小节开始，预备——”

高修一鼓作气地拉着大提琴。但过没多久，团长就用力跺脚怒道：“不行不行，你们的音都不协调。这里是这首交响曲的心脏，怎么可以这么参差不齐。各位，距离音乐会只剩十天了。我们是专业乐团，要是输给制作马蹄铁的、卖糖果的乌合之众，面子要往哪里摆呀？喂，高修，我最头痛的就是你。你的演奏缺乏感情，完全听不出愤怒、喜悦的情绪高低起伏。而且老是和其他乐器不搭，感觉就像大家一起前进，却只有你一个人鞋带没绑好，跟不上脚步。真是伤脑筋，你一定要好好努力才行啊。我们是鼎鼎大名的金星交响乐团，如果因为你一个人砸了招牌，其他人也太可怜了吧。好，今天就练习到这里。记得明天一早六点就要集合。”

大家一同行礼后，有人拿出香烟、火柴，有人径直离去。高修抱着粗糙如木箱般的大提琴，转身面向墙壁。尽管他的双唇颤抖，不停地掉泪，还是默默地打起精神，一个人从头开始练习。

那天深夜，高修背着巨大的黑色包袱回到家里。虽说是“家”，但那只是一间位于郊外河边的破旧水车小屋。高修独自住在这里，早上会在小屋旁一块小小的田地里修剪番茄枝叶、捉甘蓝菜上的菜虫，一到下午，他就会出门。高修走进屋里，点灯，打开他背回来的黑色包袱——就是方才那把老旧的大提琴。高修把大提琴放在地板上，从架上拿起一个杯子，大口大口地喝着水桶里的水。

他甩了一下头，用老虎般的气势坐在椅子上，开始演奏今天练习的乐谱。他一面翻乐谱一面演奏、沉思、演奏、沉思，努力演奏到最后，再从头开始。就这样，他拉着大提琴，反覆练习再练习。

到了半夜，高修的头脑开始不清楚了。他练习到满脸通红，眼睛里布满了血丝，表情看起来恐怖极了，仿佛随时都会昏倒。

就在这个时候，突然传来了敲门声。

“是霍休吗？”高修大喊，声音听起来像是刚睡醒。没想到，推开门走进屋里的竟是一只大花猫，高修记得自己曾经看过它五六次。

花猫气喘吁吁，将一堆从高修田里摘下的半熟番茄放在他面前说：“啊……我好累，搬这些真是太辛苦了。”

“什么?”高修问道。

“这是送你的礼物，快吃吧。”花猫说。

高修把今天累积的所有怨气全都发泄出来，他大吼：“我有叫你拿番茄来吗？重点是我为什么要吃你拿来的番茄？况且这还是我自己田里种的番茄。你真是太过分了，竟然摘还没熟的番茄。之前就是你乱咬、乱踢我的番茄吧？你这只混账猫，快点出去！”

没想到猫缩了缩肩膀、眯起眼睛，嘴角充满笑意地说：“你别生气啊，这样对身体不好呀。来，你演奏一下舒曼的《幻想曲》吧。我可以帮你听听。”

“你懂什么，你只不过是一只猫啊。”

高修感到非常不悦，心想这只猫到底要做什么。

“你别客气，我没听你的音乐，晚上可睡不着呢。”

“你懂什么！你懂什么！你懂什么！”

高修涨红着脸，像团长一样用力跺脚，但随即恢复冷静说：“那我开始了。”

高修像是想起什么点子般，先是锁上大门，接着关上所有窗户，拿起大提琴，最后把灯熄了。室内将近一半的空间笼罩在接近满月的明亮月光里。

“你说要演奏什么?”

“《幻想曲》，浪漫派音乐家舒曼的作品。”猫擦了擦嘴巴说道。

“嗯……《幻想曲》是这样吗?”

高修用手帕塞住自己的耳朵，接着像暴风雨过境般演奏起《印度的猎虎人》这首歌。

花猫歪着头听了一会儿，接着猛然眨了眨眼睛，拔腿就想往门外冲。但就算冲撞大门，大门仍然纹风不动。它就像遭遇一生一世的大危机般慌乱，眼睛、额头都冒出火花，接着是胡须、鼻子。花猫觉得好痒，觉得快要打喷嚏了却又没有动静。接着，它一副坐立不安的模样，在室内抱头乱窜。高修感到有趣极了，于是演奏得越来越起劲。

“够了，够了，求求你停下来。我再也不会偷摘你的番茄了！”

“闭嘴，快要捉住老虎了。”

花猫痛苦地跳上跳下，甚至用身体冲撞墙壁。但它在墙壁上留下的抓痕只是微微地泛着白光。最后花猫就像风车一样，在高修身边打起转来。

高修也觉得有些头晕，这才停止了演奏：“今天就先放你一马吧。”

没想到花猫的反应竟出人意料，它说：“老师，你今晚的演奏还真是有些奇特呀。”

高修虽然生气，却假装若无其事地拿出一根香烟与一根火柴，接着说：“怎么，你身体还好吧？舌头伸出来我看看。”

花猫感觉在嘲笑人般吐出尖尖、长长的舌头。“嗯……有一点不舒服哦。”高修“咻——”的一声用花猫的舌头点燃火柴，接着用火柴点燃香烟。花猫惊讶地抖动舌头，往大门的方向走去；当它的头撞到大门，又东倒西歪地回到原地。花猫就这样撞到大门、回到原地、撞到大门、回到原地，企图想要逃跑。

高修兴致盎然地看着花猫。过一会儿，他说：“我把你放出去，记住以后别再来了，笨蛋。”

高修打开门，看着猫像一阵风，头也不回地逃向草原，高兴地笑了。之后，感觉心情舒畅许多的高修沉沉进入梦乡。

隔天晚上，高修又背着黑色的大提琴包袱回到家里。大口大口喝完水后，就像前晚那样奋力练习。过了凌晨十二点、一点、两点，高修都没有停下来。等到他头脑开始不清楚的时候，突然听见有人在敲他的天花板。

“花猫你还没学乖吗？”高修大喊。没想到，有只灰色的鸟从天花板的洞里飞出来。当鸟停在地板上，高修仔细一瞧才发现那是只布谷鸟，他说："怎么连鸟都来了，你有什么事？"

"我想学音乐。"布谷鸟回答。

高修笑着说："什么音乐？你不是只会发出'咕咕、咕咕'的声音吗？"

布谷鸟一本正经地说："没错，可是好难。"

"哪里难？你们只会让其他人觉得很吵，要发出声音有什么难的。"

"我是认真的,比如说这样的'咕咕'跟这样的'咕咕'听起来就不一样吧？"

"一样啊。"

"这你就不懂了。如果一万只布谷鸟一起叫，会有一万种不同的'咕咕'。"

"随便你，既然你这么厉害，那就不用来找我了呀。"

"可是我想学习正确的音阶。"

"你为什么要学音阶？"

"我出国前一定要学会。"

"你为什么要出国？"

"老师，请你教我音阶，我会乖乖跟着你唱。"

"你很啰嗦耶，那我就教你三次，教完你就要离开哦。"

高修拿起大提琴，调整老旧的弦，拉出 DO、RE、MI、FA、SO、LA、SI、DO 的音，但却有些走音。布谷鸟听了连忙挥动翅膀。

"不对，不对，不是这样。"

"你好啰嗦，不然你叫给我听。"

"是这样。"布谷鸟身体向前倾，静止一段时间后叫了一声：

"咕咕。"

"什么，那就是音阶？那对你们来说，DO、RE、MI、FA 跟《第六号交响曲》没什么两样嘛。"

“不一样。”

“哪里不一样？”

“难就难在持续。”

“你的意思是这样吧。”高修拿起大提琴，连续拉了五次相同的音，“咕咕、咕咕、咕咕、咕咕、咕咕”。

布谷鸟好高兴，跟着琴音“咕咕、咕咕、咕咕、咕咕”地叫了起来，而且是鼓动全身奋力地叫。

高修的手疼了起来，他说：“喂，你够了没？”罢手不再演奏。布谷鸟觉得好可惜，于是又独自叫了一段时间，最后终于停下来。

“……咕咕、咕咕咕咕咕……”

高修恼怒地说：“喂，你没事就快点走！”

“请你再拉一次。你的琴音很好，但还是有点怪怪的。”

“什么？我不用你教。快点走！”

“求求你，只要再拉一次就好，拜托！”布谷鸟不断低头恳求。

“最后一次哦。”

高修举起琴弓，布谷鸟“咕……”地深呼吸一次。

“请尽量拉久一点。”接着对高修行了一个礼。

“真是受不了你呀。”高修笑着开始演奏。接着布谷鸟认真地“咕咕、咕咕、咕咕”奋力叫了起来。一开始高修有些生气，但就在他持续演奏的时候，忽然觉得布谷鸟比他更贴近正确的音阶，越拉越觉得布谷鸟的音准很好。

“喂，再这样下去，我都要变成鸟了！”高修突然停止演奏。

布谷鸟头昏眼花，仿佛有人狠狠地打了它的头。

“咕咕、咕咕、咕咕……咕咕、咕咕咕咕咕……”就跟刚才一样，它叫到快要断气了才肯停下来，有些怨恨地看着高修说：“你为什么停下来？再怎么没用的布谷鸟，都会叫到啼血为止。”

“你懂什么，谁受得了这种蠢事！你给我出去，你看，天都亮了！”高修指向窗外。

东边的天空呈现银白色，黑色的云不断向北边移动。

“那我们可以练习到太阳出来呀，再一次就好，一下下而已。”布谷鸟再次低头恳求。

“闭嘴，你这得寸进尺的笨鸟。你再不出去，我就要把你煮成早餐啰！”高修用力地跺了一下地板。

布谷鸟吓得想从窗户飞出去，却一头撞上玻璃，跌到地板上。

“真是笨啊，竟然撞到玻璃。”高修连忙起身，想帮布谷鸟打开窗户，但那扇窗户原本就不太好开。当高修试图沿着窗框，慢慢将窗户打开时，布谷鸟再一次撞上玻璃，跌到地板上。仔细看，就会发现它嘴边流了一点血。

“我在帮你开了，你等一下嘛。”高修好不容易打开一点点窗户的时候，布谷鸟站起来，像是下定决心要飞向窗外东边的那片天空般，用尽全身的力气挥动翅膀。当然，这次撞上玻璃的力道更强，只见它跌到地上后一动也不动，就这样躺了好一阵子。高修想抓起布谷鸟，让它从大门飞出去，但就在他伸出手的时候，布谷鸟突然睁开眼睛，又打算朝玻璃窗的方向飞去。高修没来得及思考，就下意识地抬起脚往窗户踢去。霎时，窗户伴随玻璃碎裂的声音掉落在屋外。接着布谷鸟就像一支箭，从空洞洞的窗户飞出去，飞得又高又远，直到完全看不见踪影。高修怔怔地望向屋外，过了好一会儿，才倒卧在屋里的角落，就这样睡着了。

隔天晚上，高修仍练习到半夜。在他觉得疲倦，停下来喝一杯水的时候，突然又有人敲门。

高修心想，今天来的不管是谁，他都要像吓唬布谷鸟一样立刻把对方赶走。

他握着水杯，等待对方走进屋里。门微微开启，走进屋的是一只小狸猫。高修将门再打开一些，用力地跺脚，并对着小狸猫大吼：

“喂，狸猫，你知道有一种汤叫‘狸猫汤’吗?”端坐在地板上的小狸猫听了之后，歪着头茫然地想了一会儿。之后它说：“我不知道什么是狸猫汤。”高修看着它的脸，忍不住噗哧一声，随即强迫自己摆出可怕的表情说：“让我告诉你吧。把你们狸猫跟高丽菜一起煮成汤，用盐调味后让我吃进肚子里，这就是狸猫汤。”

小狸猫露出不可思议的神情说：“可是我爸爸说高修先生是好人，一点都不可怕，要我来跟你学呀。”

高修终于忍不住笑了出来：“要学什么？我很忙，而且我很困了。”

小狸猫起身，用力地往前走一步。

“我在乐团里负责打小太鼓，他们要我来学怎么打拍子。”

“可是我没看见小太鼓啊。”

“有啊，这个。”小狸猫从背后拿出两根鼓棒。

“你拿鼓棒做什么?”

“请你演奏《快乐的马车夫》。”

“《快乐的马车夫》是即兴演奏的爵士乐吗?”

“啊，乐谱在这里。”小狸猫又从背后拿出一张乐谱。高修接下乐谱后笑了。

“嗯……还真是奇怪的歌呀。好，我要开始啰。你会打小太鼓吧?”高修非常好奇小狸猫会怎么做，他一边偷瞄小狸猫一边开始演奏。

想不到小狸猫配合拍子，拿起鼓棒就往大提琴上敲。因为小狸猫的表现很好，高修演奏起来也觉得很有趣。

演奏过一遍后，小狸猫歪着头陷入沉思。

接着它得出一个结论：“高修先生好像拉到第二条弦，拍子就会变慢，我每次都觉得卡卡的。”

高修吓了一跳。他的确从前晚就感觉到，无论动作再怎么迅速，这条弦都一定要过一会儿才会出声。

“有可能，这大提琴很差劲。”高修悲伤地说。小狸猫很同情他，稍微想了一下之后说：

“到底是哪里出了问题呢？可以再请你演奏一次吗？”

“好啊。”高修再度开始演奏。小狸猫也跟着敲打大提琴，并竖耳细听。结束时，东边的天空已经亮了。

“啊，天亮了，谢谢你。”小狸猫赶紧将乐谱与鼓棒收在背后，接着向高修行了两三次礼，便匆匆地走出屋外。

高修呆坐着，感受自前晚玻璃破掉的那扇窗户吹进来的风。之后为了恢复精神，连忙钻进被窝里，打算睡到要出发前往镇上的那一刻。

隔天晚上，高修继续彻夜练习大提琴，直到接近天明时分。他累到尽管手里拿着乐谱，还是不断打瞌睡。此时，又有人敲门。尽管声音很微弱，但连续几天晚上都发生相同的情况，因此高修一听就知道那是敲门声，于是他说：“进来吧。”走进屋里的是一大一小两只老鼠，它们摇摇晃晃地走到高修面前。

那只小老鼠非常小，简直只有橡皮擦那么大，高修见状不禁笑了。老鼠不知道为什么被笑，只能继续左摇右摆地前进，将一颗绿色栗子放在高修面前，行礼后说：“医生，我的儿子快要死了，请医生大发慈悲，救救我儿子吧。”

“我才不是医生呢。”高修有些不耐烦地说。老鼠妈妈起先低头不语，之后毅然地说：“骗人，医生你不是每天都治好很多病人吗？”

“我真的不知道你在说什么。”

“可是你治好了兔婆婆的病、狸猫爸爸的病，就连那个坏心肠的长耳猫头鹰都痊愈了，如果你不救我的儿子，实在太无情了。”

“喂喂喂，你一定是搞错了，我才没有治过长耳猫头鹰他们的病呢。顶多就是小狸猫昨天晚上来跟我合奏而已，哈哈。”高修惊讶地低头看了看小老鼠并笑着说。

老鼠妈妈哭了起来。

“啊……这孩子要是早点生病就好了。明明一直到刚才都还能听见琴音，没想到这孩子一生病，琴音就停下来了。不管我怎么祈祷，就是听不见琴音……这孩子真是太不幸了。”

高修惊讶地说：“什么？意思是说，我拉的大提琴声治好长耳猫头鹰还有兔子的病吗？”

老鼠妈妈用一只手揉了揉眼睛说：“对，最近大家只要生病，就会到医生家的地板下接受治疗。”

“这样就能治好吗？”

“对，听说血液循环会变得很好，感觉非常舒服。有些人的病一下子就好了，有些人则是在回家后才痊愈。”

“原来如此，没想到我拉大提琴的声音，竟然有按摩的效果，可以治疗你们的病。好，我知道了，那我就帮帮你儿子吧。”高修稍微调了一下弦，接着一把将小老鼠放进大提琴的洞里。

“我也要进去，每次到医院看病，我都会陪着我儿子。”老鼠妈妈发狂似地大叫，不顾一切地想冲进大提琴里。

“你也要进去吗？”

尽管老鼠妈妈很想钻进大提琴的洞里，但就连它的头都只能塞进去一半。于是它慌慌张张地对着小老鼠喊：“你还好吗？有没有记得妈妈平常教你的——掉下去的时候要把脚缩起来呀？”

“有，我很好。”小老鼠从大提琴的底部回应，微弱的声音就像蚊子在叫。

“没事没事，所以你不要哭哭啼啼的。”高修把老鼠妈妈放到地板上，接着举起琴弓，开始演奏狂想曲。老鼠妈妈一脸担心地听着琴音，之后仿佛再也承受不住地说：“够了，请让我儿子出来吧。”

“什么？这样就好了吗？”高修稍微倾斜大提琴，把手放在洞前面等着。不久后，小老鼠自己走出来。高修默默地把它放在地板上。仔细一瞧，发现小老鼠的眼睛转啊转的。

“怎么样？身体还好吗？”老鼠妈妈连忙问。

小老鼠完全没有回应，只是闭着眼睛不停地发抖，接着忽然站起来跑来跑去。

“啊，我儿子的病好了。谢谢你，谢谢你。”老鼠妈妈立刻跟着小老鼠跑，随即又回到原地，向高修一面行礼一面道谢：“谢谢你，谢谢你……”

高修心中忽然涌现出怜爱之情，他问：“你们是不是会吃面包呀？”

老鼠妈妈吓了一跳，它先四处张望了一会儿，接着说：“不不不，虽然面包是用小麦磨成的粉又揉又蒸做出来的，看起来好吃极了，可是我们从来没有去过你家的架子上，更不用说你那么照顾我们，我们怎么会偷你的面包呢……”

“我不是这个意思，只是问你们吃不吃面包，所以说你们吃啰？等一下，我拿一些让你们带回去吃。”

高修把大提琴放在地板上，从架子上拿了一块面包，放在老鼠面前。

老鼠妈妈像个傻瓜一样又哭又笑又行礼的，接着小心翼翼地把面包拿起来，朝小老鼠身后追去。

“啊……跟老鼠讲话还真是累人啊。”高修一倒在床上就睡着了。

六天后的晚上，金星交响乐团的团员聚集在镇上公会堂音乐厅后方的休息室里，每个人手里都拿着擦得亮晶晶的乐器，表情看起来都好紧张。最后一行人终于登上舞台，完美地演奏了《第六号交响曲》。观众席掀起一阵阵如暴风般的掌声。

回到休息室后，团长就像没有听见掌声一般，将手放在口袋里缓缓地在团员之间走来走去，其实他心里高兴极了。有的团员用火柴点燃嘴里叼着的香烟，有的团员将乐器收进箱子里。

观众席又传来掌声，而且声音越来越高，感觉有点可怕。胸前别着白色大蝴蝶结的司仪走进休息室说:“接下来是安可时间[①]，能不能请乐团表演一些短短的曲目呢?”

团长面露不悦地说:“才刚结束这么大型的交响曲，之后不管表演任何曲目，我都无法接受。”

“那就请团长出来打声招呼吧。”

“不要。喂，高修，你去表演一首曲子吧。”

“我吗?”高修整个人呆住了。

“对，就是你。”第一小提琴手忽然抬起头说。

“去吧。”团长说。其他团员把大提琴塞进高修怀里，门一打开，就把高修推到舞台边。高修拿起破旧的大提琴，一脸困惑地站到舞台上。没想到观众一看见他就响起如雷般的掌声，甚至还有人大喊“哇——”。

“哼，竟然这么看不起人！好，你们走着瞧，我就拉《印度的猎虎人》给你们听!”高修冷静地走到舞台正中央。

接着高修就像那天花猫到他家一样，拿出愤怒的气势演奏起《印度的猎虎人》。但观众的反应跟花猫完全不同，观众们宁静地聆听着高修的演奏。高修不断演奏，花猫身上冒出火花的部分过去了、花猫不停撞门的部分也过去了。

结束后，高修完全不敢看观众，就像那只花猫一样，头也不回地逃进了休息室里。没想到团长和其他团员都像经历了一场火灾般，茫然地坐着。高修自暴自弃地穿过团员队伍，用力地坐在另一头的长椅上。

---

① 安可 (encore) 本来是法语单词，被英语借去表示“再演奏一遍”，翻译成中文，发音就是“安可”。

接着大家一同望向高修，表情异常认真，看不出丝毫嘲笑之意。

“今天晚上好奇怪……”高修心想。

不料团长站起来说：“高修，真是太棒了！这样的曲子竟然能让大家如此着迷。你在这一星期，哦，十天内真是突飞猛进。十天前的你和现在的你相比，简直就是婴儿与军人的差别。所以说有志者，事竟成啊。”

其他团员也都站起来对高修说：“真的表现得很棒！”

团长继续说：“因为你很健康，才能撑住这样的练习；如果是一般人，只怕早就死了吧。”

那天深夜，高修回到家里。

他一如往常，大口大口地喝水。接着打开窗户，凝视遥远的天空，心想那天飞走的布谷鸟应该飞去很远的地方了吧。

“布谷鸟啊，那时候真抱歉，我不该对你那么凶的。”他说。

贤治小专栏5

宫泽贤治纪念馆＆宫泽贤治童话村

宫泽贤治纪念馆于一九八二年（宫泽贤治逝世五十周年）设立于贤治的故乡岩手县花卷市，目的在于让更多人理解贤治深远的思想，了解他创作的诗歌、童话、教育理念与农村活动，纪念馆以视觉呈现的方式来展现其全体样貌。

纪念馆里收藏了贤治的照片，以及诸多亲笔原稿、贤治描绘的水彩画、爱用的大提琴等珍贵的遗物。除此之外，还有“大银河系圆顶图”“岩石标本”等足以让人感受到“贤治世界”的设施与展示品。“企划展示专区”也会定期进行贤治或其作品的相关展览。

邻近的宫泽贤治童话村设立于一九九六年，是为纪念贤治诞辰一百周年建立的。村内可以看到贤治童话内的场景，例如《要求很多的餐馆》的山猫轩、《银河铁道之夜》的天鹅站、以影像与音响表现童话世界的“贤治学校”等，游客在此可学习贤治童话里出现的动植物相关知识。此外这里还有供游客散步用的“精灵小径”和“猫头鹰小径”等。

卜多力的一生

当卜多力拿出那本小小脏脏的笔记本，柯波博士打了一个好大的哈欠，才弯下腰凝视卜多力的笔记本。卜多力甚至以为笔记本会被博士吸进去呢。

一、森林

顾思柯卜多力出生在伊哈托威的森林里。他的爸爸——顾思科纳多里是个有名的伐木师。无论多么高大的树木，他都能轻松砍下，就像哄小孩入睡一般。

卜多力有个妹妹名叫奈莉，他们每天都在森林里玩耍，甚至会走到能听见爸爸伐木声的森林深处。他们会在那里摘下木莓的果实，用涌泉清洗。或者对着天空，模仿金背鸠的叫声。每次他们这么做，四处就会传来“咕咕咕”的鸟鸣。

妈妈在家门前那块小小的麦田里播种时，他们会在路上铺草席坐着，用马口铁的锅子煮兰花。每当这么做，就会有各式各样的鸟儿飞过他们头顶打招呼。

自从卜多力到学校上课之后，森林的中午就变得十分冷清。但一到了下午，卜多力就会和奈莉一起用红色黏土、煤末在森林里的树干上写上树名，或高声歌唱。

他们曾经在啤酒花藤蔓自两旁延伸成一道大门的白桦木上写：

禁止布谷鸟通过

在卜多力十岁、奈莉七岁那年，不知道为什么，太阳从春天开始就白得很奇怪。往年雪融时分，白花辛夷会绽放白色的花朵，但那一年完全没有动静。即使到了五月，仍是雨雪霏霏。到了七月底，天气依旧没有变热，去年播种的麦子只长出没有结果实的白穗，大部分果树也都只开花，还没结果就枯萎了。

秋天，板栗树上只看得见绿色的球果。大家用来当成主食的重要谷物——稻米也完全没有收成。原野上一片混乱与骚动。

卜多力的爸爸妈妈经常带着木柴到原野上交易，冬天还会用雪橇运送巨大的木头到镇上去，但每次的结果都令人大失所望——只能换到少许的面粉。即使如此，他们还是撑过了那年冬天。然而隔年春天，就算在麦田里播下珍贵的种子，情况还是与前年完全相同。就这样，饥荒在秋天越演越烈。那段时间，卜多力不曾到学校上课，爸妈也完全放弃了工作。他们经常不安地讨论未来，而且轮流到镇上交易，带一点点小米或者其他食物回来。如果那天一点收获也没有，爸妈的神情就会非常忧郁。一家人靠着吃栎树果实、野葛、蕨类的根还有柔软的树皮，捱过了整个冬天。到了春天，爸爸妈妈似乎罹患了严重的疾病。

有一天，爸爸抱着头不断沉思，他想了又想、想了又想，忽然起身说："我去森林里绕一绕就回来。"之后便摇摇晃晃地走出家门。天黑以后，爸爸还是没有回来。无论卜多力和奈莉再怎么问妈妈："爸爸怎么了?"妈妈也只是看着他们，不发一语。

隔天傍晚，森林渐暗的时候，妈妈起身往火炉里添加木柴。屋里瞬间一片明亮，妈妈告诉两兄妹她要去找爸爸，要他们待在家，还交代柜子里的面粉要省着点吃。妈妈和爸爸一样，摇摇晃晃地走出家门。当卜多力和奈莉哭着追上去，妈妈却回过头斥骂他们："你们这两个不听话的孩子!"接着就踉跄地快步走进了森林。

卜多力和奈莉来回哭喊了好几次，最后终于再也忍不住，一同走进黑漆漆的森林里。两人胆战心惊地在啤酒花门前、涌泉附近呼唤妈妈。星星的光芒穿过森林的树荫，一闪一闪地，仿佛像是在说些什么。耳边不时传来受到惊吓的小鸟在黑暗中飞行的声响，却完全听不见丝毫人的气息。最后兄妹俩只好回家。一走进家门，便立即昏睡过去。

直到下午，卜多力才睁开眼睛。

他想起妈妈说的面粉，便打开柜子查看，里头还有许多装在袋子里的面粉与栎树果实。卜多力把奈莉摇醒，两个人一起吃面粉，并将木柴放进火炉里，就像爸爸妈妈还在的时候一样。

二十天后的某一天，门口忽然传来“你好，有人在吗”的问候声。卜多力心想是不是爸爸回来了，连忙飞奔出去看。门口站着一个眼神锐利的男人，男人背着一个笼子。他从笼子里拿出圆圆的麻糬，随意抛在地上说：“我来拯救这里的饥荒，来，快点吃吧。”卜多力和奈莉不知该如何是好。

“来，吃呀，吃呀。”男人又说了一次。当卜多力和奈莉小心翼翼地吃起麻糬时，男人凝视着他们说：“你们是好孩子，但光是好孩子没有用，跟我走吧。不过……男生比较强壮，而且我一次没办法带两个人走。喂，妹妹，这里没有吃的了，你跟叔叔到镇上去，这样每天都可以吃到面包哦。”男人一把将奈莉放进笼子里，喊了两声：“哦哦嘿咻嘿咻、哦哦嘿咻嘿咻。”便像一阵风般离去。

奈莉放声大哭，卜多力也哭喊道：“小偷！小偷！”

卜多力努力追上前去，但男人已经穿过森林，跑到另一边的草原了。卜多力再怎么追，也只能听见奈莉微弱的哭声。

不断哭喊的卜多力一直追到距离森林很远的地方，终于因为太累、体力不支而倒地了。

二、蚕丝工厂

当卜多力睁开眼睛，上方传来这样的声音：“你终于醒了。你以为还在闹饥荒吗？起来帮我工作吧。”缺乏抑扬顿挫的语调令人反感。那是一个戴着茶色尖顶帽，穿着衬衫加外套的男人。男人手里拿着的似乎是铁丝。

“饥荒已经过了吗？工作？什么工作？”卜多力问。

“挂网子。”

“这里可以挂网子吗？”

“可以啊。”

“挂网子要做什么呢?”

“养蚕取丝啊。”卜多力仔细一看，有两个男人沿着梯子爬上卜多力前方的板栗树，奋力把网子抛出去后调整位置。但别说网子了，卜多力就连丝线都看不到。

“那个真的可以养蚕吗?”

“当然。喂，你这小孩真罗嗦，别老说触霉头的话。如果不能养蚕，我怎么会在这里盖工厂呢？而且很多人，包括我在内，都是靠养蚕过活的，所以不用怀疑。”

卜多力好不容易才用干哑的声音说:“我知道了……”

“我已经把这整片森林都买下来了，如果你不留下来工作，就到其他地方去吧。只不过现在无论到哪里，你都得饿肚子就是了。”

卜多力快要哭出来了，但他还是忍住眼泪:“那我留下来工作，可是我不会挂网子。”

“我当然会教你啊，就是……”男人用双手伸展手里笼子状的铁丝。

“只要这样，笼子就会变成梯子。”

男人大步走向右边的板栗树，把梯子放在下方。

“你拿着网子爬到树上去。来，试试看。”

男人把一颗奇妙的球交给卜多力。无可奈何的卜多力只好拿着球爬上梯子。只是他爬得越高，梯子就变得越窄，眼看梯上的铁丝就要陷入他手脚的肌肉了。

“再爬高一点，高一点、再高一点、再高一点。好，把刚才那个球丢出去。越过板栗树，把球丢到半空中。怎么了？你在发抖啊？真是没用啊。快点丢，丢啊。快丢。”

卜多力在无计可施的情况下，只好用力把球抛向蓝天。抛出去的瞬间，他眼前突然一片黑，头下脚上地自树上跌落。男人一把接住他，把他放在地面上，接着骂道：“你这个没用的家伙，怎么会这么柔弱呢？如果我没接住你，你的头现在已经裂开啦。我是你的救命恩人，以后别再对我出言不逊了。快，爬到另一棵树上去，再过一会儿就给你吃饭啦。”男人给了卜多力一颗新的球。卜多力沿着梯子爬到另一棵树上，把球抛出去。

“很好，丢得很好。来，这里还有很多球。不要偷懒，每棵板栗树都可以爬。”

男人从口袋里拿出十颗球交给卜多力，便迅速走到另一头去了。卜多力才丢了三颗球，就已经气喘吁吁，觉得全身无力。他想要回家，但往家的方向一看，才惊讶地发现房屋多了一根红色的烟囱，门口还挂着“伊哈托威蚕丝工厂”的招牌。方才那个男人手里拿着香烟，从他们家走出来。

“小朋友，我帮你拿吃的来了。吃饱了，就趁天还没黑继续工作啊。”

“我不要工作了，我要回家。”

“家？你是说那间房子吗？那里不是你家，是我的蚕丝工厂。因为我已经把整片森林都买下来了，包括那间房子。”

卜多力自暴自弃，默默吃了男人给他的面包，接着又到树上丢了十颗球。

那天晚上，卜多力蜷起身子，睡在蚕丝工厂——那曾经是自己家的房子——的一个小角落。

男人和三四个卜多力不认识的人一边往火炉里添柴火一边喝酒聊天到深夜。隔天一早，卜多力就到森林里重复前一天的工作。

日复一日，就这样过了一个月。当整个森林的板栗树挂满网子，养蚕的男人会将五六片放满栗子状物体的木板吊在树上。当树木一发芽，整个森林里绿意盎然。接着，大量的蚕宝宝就会沿着线，自吊在树上的木板一只只爬到树枝上。

自从不需挂网子后，卜多力与其他人每天都要去砍木柴。木柴在房子四周堆成一座座小山。当板栗树开满如蓝白丝绳般的白花，树枝上的蚕看起来就跟白花一模一样。那些蚕将整座森林的板栗树的叶子啃得精光。

不久，蚕开始吐丝，结出大大的黄茧。

之后，养蚕的男人发狂似地使唤卜多力与其他人将茧摘下放进笼子里。接着放进锅里煮，用手转动鼓轮以收集蚕丝。众人转着三架鼓轮，不分昼夜地收集蚕丝。当黄色的蚕丝堆满半间小屋，许多白色大蛾陆陆续续地从外头还没采收的茧里飞出来。养蚕的男人变得面目狰狞，不但自己投入收集蚕丝的工作，还从原野那边带了四个人来帮忙。破茧而出的蛾一天比一天多，最后整个森林看起来就像大雪纷飞一样。之后，六七辆马车前来将收集好的蚕丝载到镇上，每辆马车都会载走一个人。最后一辆马车离开前，养蚕的男人对卜多力说："喂，我在房子里准备了足够让你吃到明年春天的食物，这段时间，你就负责看守森林还有工厂啊。"

男人露出诡异的笑容，就这样坐上马车走了。

卜多力怔怔地站在原地。房子里脏兮兮的，仿佛被暴风雨侵袭过一般；森林里也乱糟糟的，好像遭受了祝融的肆虐。隔天，卜多力开始整理房子的时候，发现那个男人老是坐着的位置有一个老旧的纸箱，里头塞了十本左右的书。有些书画了许多蚕丝与机械的图，有些书写着各式各样花草树木的名字，有些书的内容太难，卜多力完全看不懂。

卜多力照着书依样画葫芦，认真学习写字、画图，就这样度过了那个冬天。

到了春天，那个男人带着六七个新的手下，衣着华丽地回到森林里。隔天，卜多力又开始像去年一样不停地工作。

等挂满网子、吊上黄色木板，蚕也爬到树枝上后，卜多力与其他人又得去砍木柴。某天早上，当他们在砍木柴的时候，忽然感觉地面一阵摇晃，遥远的地方传来"碰——"的声响。

不久以后，太阳瞬间变暗，细小的灰尘自天空纷纷落下，森林里一片雪白。

卜多力与其他人蹲在树下，而养蚕的男人气急败坏地跑过来说：

“糟糕糟糕，火山爆发了，火山爆发了。那些火山灰盖住蚕，蚕都死了，大家也快点逃吧。喂，卜多力，你想留下来也无所谓，但我这次可不会留食物给你了哦。而且留在这里实在太危险了，我劝你还是逃到原野上吧。”

男人话才说到一半就飞也似地逃跑了。卜多力回到工厂时，已经不见半个人影。沮丧的他只能循着大家的足迹，踏着地上的火山灰，往原野的方向前进。

三、沼田

卜多力朝着镇上的方向，在满是火山灰的森林里走了半天的路程。每当风吹来，火山灰就会自树上吹落，像烟又像雪。越靠近原野，堆积的火山灰就越薄，最后终于看见花草树木。但人们的足迹到此也就中断了。

走出森林的时候，卜多力不禁瞪大双眼。原野从他跟前延伸到遥远的云端，看起来就像是三张分别由桃色、绿色与灰色绘制而成的美丽卡片。他换个角度观察，桃色是一片低矮的花丛，蜜蜂穿梭其中；绿色是带有小小花穗的草原；灰色则是浅浅的沼泽。每种颜色以狭窄的土埂区隔开来，人们利用马匹进行挖掘、翻整的工作。

卜多力又走了一段路，看见路中央有两个人大声交谈，像是在争论些什么。右边那个蓄着红胡须的男人说：“不管怎样，我已经决定要这样施肥了。”

另一个身材高大、戴着白色斗笠的老爷爷却说：“我说不好就是不好。你之前那样施肥，说是能让稻米盛产，结果连一颗米都没有啊。”

“不，我预测今年的气温一定是过去三年的总和，所以光是今年一年，就可以补齐三年分的收成。”

“不好不好，快点打消这个念头。”

“我不会放弃的。我已经埋了花，接下来还要加六十片豆玉 、一百担鸡粪。时间紧迫，又有这么多事情要做，就连菜豆的藤蔓也想试试看。”

卜多力没有多想就走过去行礼：“可以让我做这份工作吗?”

两个男人惊讶地抬起头，用手抵着下巴打量了卜多力好一会儿。红胡须的男人突然笑了出来：“很好，那你就负责拉马吧。现在就跟我来。会不会成功，秋天就知道了。走吧。现在真是连菜豆的藤蔓也想试试看。”红胡须的男人一会儿对着卜多力，一会儿对着老爷爷说话，接着起身向前走。老爷爷目送他们离开时喃喃自语：“不听老人言，吃亏在眼前啊。”

接下来的每一天，卜多力都在让马翻整沼田。桃色的卡片、绿色的卡片渐渐消失，全都变成了沼田。马在翻整时，经常将泥水打在卜多力脸上。他在一个接一个的沼田里工作，每天度日如年。到最后，他就连自己是不是在走路都不知道，甚至觉得泥巴尝起来像糖果、污水是热汤。每当阵阵风儿吹来，附近的泥水波光粼粼，就连远处的泥水也闪耀着银色光芒。看起来又酸又甜的云朵在蓝天里慢慢地悠闲流动，让人好生羡慕。

二十天后，所有沼田都经过彻底的翻整。隔天一早，主人就兴奋地和四处召集来的人们一起，在沼田里插上短枪般的稻秧。插秧的工作持续了十天。之后，主人每天带着卜多力他们外出，到曾经前来帮忙的人家里工作。结束一轮后，又回到自己的沼田除草，日复一日。隔壁的沼田呈现一片淡绿色，而主人的稻秧长大后却变成了黑色。自远处看，双方的沼田壁垒分明。除草的工作持续了七天，接着他们轮流到彼此家里去工作。

一天早上，主人带着卜多力经过自己的沼田，忽然大叫一声便呆立在原地。仔细一看，主人的嘴唇发白，双眼直瞪着前方。

“生病了……”主人好不容易才吐出三个字。

“您头痛吗?”卜多力问。

“不是我，是稻子，你看。”主人指着前方的稻子。卜多力蹲下去看，发现每株稻子的叶片都出现了前所未见的红色斑点。灰心的主人默默察看整片沼田，接着往家的方向走，卜多力一脸担心地跟在后头。主人回到家后用水沾湿毛巾，拧干放在头上，一下子就在地板上睡着了。不久后，主人的太太从外头冲进来喊道：“稻子真的生病了吗？”

“嗯，已经没救了。”

“真的没救了吗？”

“没救了，就跟五年前一样。”

“我早就跟你说过不要这样施肥嘛，爷爷不是也一直阻止你……”

太太泣不成声地哭了起来。没想到主人刹时恢复精神，站起来大喊：

“好！我可是伊哈托威原野屈指可数的大农家，怎么能这样就认输呢！明年我一定会卷土重来！卜多力，你到我们家之后，还没有好好睡上一觉吧？来，睡吧，看你要睡五天还是十天都可以，好好地睡吧！之后我会在那片沼田里，变个有趣的魔术给你们看。不过今年冬天只能吃荞麦了，你喜欢荞麦吧。”主人说完便戴上帽子，匆匆地离开家门。

卜多力原本打算照主人说的到仓库里睡觉，但他实在很担心沼田，于是又悄悄来到沼田边。已经先到的主人独自站在土埂上，双手抱胸。卜多力发现沼田里都是水，只能勉强看见稻子的叶片，水面上浮着一层发亮的煤油。主人说：“我现在要用闷的方法，根除这种疾病。”

“煤油可以杀死病源吗？”听到卜多力的问题，主人说：“如果用煤油浇头，就连人都会死掉。”一边说还一边做出呼吸停止、脖子紧缩的样子。此时，隔壁主人——他的沼田位于水道下游——气呼呼地冲过来大骂：“你为什么要在水里面加油？油都流到我的田里了！”

自暴自弃的主人异常冷静地说：“为什么要在水里面加油？因为稻子生病了，

所以我才在水里面加油。”

“可是这样会流到我的田里!”

“为什么会流到你的田里?因为水会流过去,油当然也会流过去啊。”

“那你就想办法堵住水道,让水不要流到我的田里啊!”

“为什么我不想办法堵住水道,让水不要流到你的田里?因为那不是我的水道,所以我不能擅自把它堵住啊。”

愤怒的男人越来越气,气到说不出话来。他冷不防地跳进水里,用泥巴将自己的水道堵了起来。

主人面露微笑地说:“那个男人很难相处。如果我先把水道堵住,他也一定会生气,所以我才故意让他自己把水道堵起来。只要那边堵起来,今天晚上水就会盖过整株稻子。好,我们回去吧。”主人径直起身,大步走上回家的路。

隔天一早,卜多力跟着主人来到沼田边。主人自水中取出一片叶子仔细检查。从他的表情看来,情况并没有好转。第三天还是一样,第四天也是如此。第五天一早,主人下定决心说:“卜多力,我要来种荞麦了。你到隔壁去疏通一下水道。”

卜多力依照主人的吩咐疏通水道后,加了煤油的水便一口气涌进了隔壁的沼田里。卜多力心想,隔壁主人一定又会生气,就马上看见当事人拿着把大镰刀走了过来:“喂,你为什么又让油流到我的田里!”

主人低沉地回应:“让油流到你的田里不好吗?”

“稻子会死掉啊!”

“你看看我沼田里的稻子,已经泡在油里四天了,也没有死啊。我的稻子变红是因为生病,但能屹立不摇就是因为这些煤油。你的稻子只泡了一点点,说不定会更健康呢。”

“你是说像肥料一样吗?”隔壁主人的表情稍微柔和了一些。

“像不像肥料,我不知道。不过煤油好像跟油不一样……”

“煤油也是油嘛。”男人笑着说，态度出现一百八十度的转变。主人沼田里的水逐渐退去，露出整株稻子。稻子表面布满如烧伤般的红色斑点。

“来，我要收割稻子啦!”主人笑着说。

之后主人和卜多力一起收割，收割完立刻播下荞麦的种子，并盖上泥巴。结果一如主人所说，那年冬天他们唯一的食物就是荞麦。

到了隔年春天，主人对卜多力说:“卜多力，今年的沼泽比去年小了三分之一，工作会比较轻松。不过你要认真读我儿子生前读的书，种出健壮的稻子，让那些笑我投机取巧的人刮目相看。”

主人将一叠书交给卜多力，卜多力只要工作得空就会读书。其中又以“柯波”这号人物的思想最为有趣，卜多力反复读了好几遍。当卜多力得知柯波即将在伊哈托威市开设一个月的讲座时，便兴致勃勃地想要参加。

很快，那年夏天卜多力就立下了大功——当稻子跟去年一样生病时，卜多力用木灰、食盐治好了稻子的病。到了八月，每株稻子都开满了小小的白色的花，之后渐渐结成稻谷，随着微风起伏摇摆。主人得意极了，逢人就骄傲地说:“怎么样？你们这四年一直笑我投机取巧，看看，我光是今年一年，就有了四年份的收成。不错吧?”

但隔年却事与愿违。到了插秧的时候，连一滴雨也没有，不仅水道干枯，沼泽也出现裂缝。秋天收获的稻米只够吃上一个冬天。原本主人打算隔年继续努力，没想到隔年干旱依旧。自此以后，尽管主人想东山再起，资金也不够，别说施肥了，就连马匹、沼田都得慢慢变卖。

秋天里的某一天，主人痛苦地对卜多力说:“卜多力，我曾经是伊哈托威的大农家，赚了不少钱。但经过这几年的寒害与旱灾，我的沼田只剩下以前的三分之一，明年也没有办法施肥了。不只我，现在伊哈托威能买肥料的人寥寥无几。再这样下去，我连答谢你帮我工作的礼金都付不出来了。你年轻力壮，留在我这里实在太可惜了。抱歉，你带着这些到别的地方碰碰运气吧。”主人给了卜多力一袋钱、新的蓝色麻布衣及红色皮鞋。

卜多力忘了至今的种种辛劳，原本只想留在这里工作，不求任何回报。但仔细想想，现在的工作量的确比以往少了许多，于是他决定告别照顾他六年的主人。临走前，他不断向主人道谢，之后便往车站的方向走去。

四、柯波博士

卜多力走了两个小时才抵达车站。他买了车票，搭上前往伊哈托威的火车。火车飞奔过数块沼田，不断地向前进。窗外的景色瞬息万变，就连那几座黑森林，火车也迅速将它们抛在远远的后方。

卜多力心中充满了各种想法。他希望早点抵达伊哈托威市，见到书里介绍的人物——柯波。如果可以，自己想一边工作一边读书，学习如何让每个种田的人轻松获得丰收，甚至学习如何消除火山灰、旱灾、寒害等灾害。一想到这里，他甚至觉得火车走得太慢。那天下午，火车抵达伊哈托威市。卜多力一踏出车站，听到地底传来的隆隆声、闻到混浊的空气，看到街上来来往往的汽车，吓得目瞪口呆地呆站在原地。好不容易回过神来，卜多力开始问附近的人如何前往柯波博士所在的学校，但无论是谁，一看见卜多力那极为认真的神情，都忍不住“噗哧”一声笑出来。但大家给的都是“我没听过那间学校”“要再走五六条街”等模棱两可的答案。一直到接近傍晚，卜多力才终于找到那间学校，破旧的白色建筑物二楼传来洪亮的说话声。

“你好。”卜多力大喊，但没有人回应。

“你——好——”卜多力尽可能地拉开嗓门大喊。接着，正上方的二楼窗户探出一张灰色的大脸，脸上的眼镜因反射光线而发亮。他对着卜多力大吼：“现在在上课，不要吵。你有事就进来吧。”那个人说完，立刻把头缩进室内。尽管教室里传来哄堂大笑，他也完全不在意，继续大声讲课。

卜多力毅然决然地走向二楼，尽可能避免发出脚步声。他爬上楼梯，走到底看见一扇门，门是开着的。门后是间宽敞的教室，里头坐着满满的学生，他们的衣着形形色色。教室正前方是一面黑色的墙壁，上头画了许多白线，而刚才那个身材高大、戴着眼镜的人正用手比划塔楼模型的各个部分，向学生们说明。

卜多力只看一眼，就想到——啊……这就是书里介绍的模型“历史的历史”。老师笑着转动把手后，模型便“叽——”的一声变成一艘奇妙的船；老师再稍微转动把手，模型又变成一只大大的蜈蚣。

学生们歪着头，露出百思不得其解的表情；卜多力却觉得有趣极了。

“这个的构造就像这张图。”老师在黑色的墙壁上画了许多图。

老师左手拿着粉笔，奋笔疾书；学生们认真地做着笔记。卜多力从怀里取出一本脏脏的笔记本——之前他总是会带到沼田里读，跟着依样画葫芦。老师完成后，站在讲台上环视学生。卜多力画好后，便拿起来自各个角度观察。此时，坐在他身旁的一个学生打了个哈欠。卜多力轻轻问道：“请问这位老师是……”

学生听了用鼻子轻笑一声说：“柯波博士啊，你不知道吗？”接着上下打量卜多力。

“你竟然一开始就会画这张图啊，这门课，我都已经上了六年了……”

学生说着说着，把笔记本收进了怀里。此时，教室里的电灯忽然亮了起来——已经傍晚了，博士在讲台上说：“时间晚了，这门课也上完了。跟以前一样，想参加测验的人将笔记本拿到前面来给我看，接着回答几个问题，我再帮大家评分。”学生们哇哇大叫，纷纷合上笔记本。大部分学生离开教室后，剩五六十个学生排成一列，一个一个经过博士面前，并打开笔记本让博士过目。博士看了以后问了一两个问题，接着用粉笔在学生衣领上写下“可”“再接再厉”“发奋”

等评语。博士写评语的时候，学生们会担心地缩起脖子，轻手轻脚走出教室后，再请其他学生帮忙确认评语。结果自然是几家欢乐几家愁。

测验进行到剩下卜多力一个人了。当卜多力拿出那本小小的脏脏的笔记本，柯波博士打了一个好大的哈欠，才弯下腰凝视卜多力的笔记本。卜多力甚至以为笔记本会被博士吸进去呢。

博士像是在品尝佳肴般深深地吸了一口气，接着说："很好，这张图非常正确。这旁边写的是……哈哈，原来是沼田的肥料还有马的饲料。我问你，工厂的烟囱会产生哪几种颜色的烟？"

卜多力想也没想就大声回答："黑色、褐色、黄色、灰色、白色、无色，而这些颜色有可能会混合在一起。"

博士笑了。

"无色的烟很好。那形状呢？"

"如果没有风，又有一定程度的烟，烟就会呈现柱状，并在高处扩散开来。云很低的时候，烟柱会跟云结合并横向扩散。如果有风，烟柱会变得斜斜的，倾斜的程度视风力而定。当烟呈现波浪状或断成好几截，可能是因为风，也可能是受到烟或烟囱的习性影响。如果烟太少，看起来可能会像软木塞。当中若含有比重较重的气体，则有可能从烟囱口的一方或四方流泻。"

博士又笑了。

"很好，你平常在做什么工作呀？"

"我是来找工作的。"

"那我介绍一份有趣的工作给你。我给你一张名片，你现在就过去。"博士拿出名片，在上头写了一些字，接着交给卜多力。当卜多力向博士行礼，打算离开教室时，博士以眼神示意并低声地喃喃自语："现在在烧垃圾啊……"博士将还没有用完的粉笔、手帕还有书收进桌上的公事包里，将公事包夹在腋下，从刚才他探出头去的那扇窗户一跃而下。卜多力惊讶地跑到窗边，才发现博士跳进了一艘小得像是玩具的飞行船里，他独自操作方向盘，在云霭弥漫的半空中往前方直直飞去。卜多力怔怔地看着，很快地，博士就降落在远方一栋灰色建筑物平坦的屋顶上。博士将飞行船锁起来便迅速走进建筑物里，身影就此消失。

五、伊哈托威火山局

卜多力拿着柯波博士给他的名片，沿途不断问人，最后来到一栋茶色的大型建筑物前。建筑物后方有根高高的柱子，上头的白色流苏状雕饰在夜空里特别醒目。卜多力走上玄关、按下门铃，立刻有人前来应门。那个人接过卜多力递上的名片，看了一眼便立刻引领卜多力前往走廊尽头的大房间。

房间里有张卜多力从来没看过的大桌子。一个发丝微微泛白、气宇轩昂的男人坐在正中央，耳朵贴着话筒并用笔记事。男人一看见卜多力走进房间，便用手指了指旁边的椅子，接着继续通话。

卜多力右手边的墙壁，是一整面伊哈托威的俯瞰图，上头有美丽的彩色模型，无论是铁路、城镇、河川还是原野，都一目了然。在中央如背脊的山脉、沿海如边缘的山脉，以及支脉形成数个岛屿的群山等处，都装有红色、橘色与黄色的小灯，不仅会变换颜色、出现数字，还会发出蝉鸣般“吱——”的声响。墙壁下方的架子，上百台打字机般的机器排成三排，默默地运作并不时发出声响。当卜多力忘我地凝视着眼前的景象时，男人放下话筒，从怀里的名片夹抽出一张名片说：“你就是顾思柯卜多力吗？这是我的名片。”卜多力看了看名片，名片上写着“伊哈托威火山局技师　贝内南姆”。

看着因不善社交而显得有些难为情的卜多力，贝内技师和蔼可亲地说：“刚刚柯波博士有打电话过来。你之后就在这里一边工作一边学习吧。虽然这里的工作去年才开始,但责任十分重大。毕竟我们是在不知何时会爆发的火山上工作。光是看书很难掌握火山的习性，接下来要更努力才行。你的房间在那里，今天晚上你就先休息，明天我再带你参观整栋建筑物吧。”

隔天早上，贝内技师带卜多力走过一个个房间，并详细介绍各式各样的器械与机关。这栋建筑物里的所有器械都连接着伊哈托威里三百多座火山——包括活火山、休眠火山和死火山——只要火山冒烟、喷灰或流出熔岩，都会化为数字、图形，哪怕是表面宁静的老火山，里头的熔岩、气体，甚至是山形的改变，也都会呈现在这些器械上。若火山出现剧烈的变化，模型就会发出不同的声响。

从那一天起，卜多力便不分昼夜、全心全意地一面工作，一面跟着贝内技师学习所有器械的使用方式与观测方法。两年后，卜多力已经可以出外勤，跟其他人一同进入火山装设或修理器械，并逐渐掌握了伊哈托威里三百多座火山的动静。

伊哈托威每天有七十多座活火山会冒烟、流出熔岩、五十多座休眠火山会喷出各式各样的气体、涌出热水，而一百六十多座死火山里，有些可能会再次苏醒。

有一天，卜多力与贝内技师一同工作时，南边海岸一座名为“萨姆托里”的火山忽然出现异状。贝内技师大叫:“卜多力。萨姆托里一直都没有动静吧?”

“对，我从没看过萨姆托里在活动。”

“啊……看来它快要爆发了。一定是因为今天早上的地震。萨姆托里市位于这座火山北边十公里的地方，一旦爆发，整座山的三分之一就会往北边流，到时候跟牛、桌子一样大的熔岩就会伴随火山灰、气体一同吞没萨姆托里市。看来我们只能从面海处钻孔，试着让气体冒出来或让熔岩流出来了。我们立刻去看看吧。”两人立刻做好准备，搭上前往萨姆托里的火车。

六、萨姆托里火山

他们隔天一早抵达萨姆托里市，中午便登上靠近萨姆托里火山山顶，放有观测器械的小屋。小屋位于萨姆托里山旧火山口外缘面海处的缺口，自小屋眺望窗外，会发现大海呈现蓝色与灰色。几艘汽船吐着黑烟，在海面上刻出数条银白色的水路。

贝内技师默默地确认观测器械，接着问卜多力:“你觉得这座火山几天后会爆发?”

“我想撑不到一个月。”

“别说一个月，就连十天都撑不了。我们动作得快一点，否则后果不堪设想。我觉得这座山的面海处，那里最脆弱。”贝内技师指着山谷上方山腰间一片淡绿色的草地说。草地上倒映着流动的云影。

“那里的熔岩只有两层，其余都是柔软的火山灰与火山砾。加上从这里到那块牧场的路很平整，运送材料也不成问题。我来立刻申请工作小组。”

贝内技师立刻联络局里。就在此时，他们感觉脚下传来微微的声响，接着观测小屋晃动了好一会儿。贝内技师离开器械说:“局里会马上派工作小组来。这个工作小组有一半算是敢死队，我从没有处理过这么危险的工作。”

“十天内可以完成吗?”

“一定可以。安装三天，从萨姆托里市发电厂拉电线到这里，最多五天。”贝内技师用手指数了一下，最后才安心地接着说，“卜多力，我们泡一壶茶来喝吧。这边的景色真美。”

卜多力点燃带来的酒精灯，准备泡茶。天空里的云越来越多，加上太阳已经下山了，大海呈现寂寞的灰色。白色浪头阵阵靠近火山的山脚边。

突然，一艘眼熟的小飞行船自卜多力眼前飞过。贝内技师跳起来说：

“柯波来了!”卜多力也跟着冲出小屋。飞行船停在小屋左边的大岩壁上后，身材高大的柯波博士便轻巧地跳下飞行船。博士花了一些时间在岩石上寻找裂缝，发现裂缝后，博士便迅速转紧螺丝，将飞行船固定住。

“我来喝茶啦。晃得很厉害吗?”博士笑着说。

贝内技师答道:“还没，不过已经开始出现落石了。”

说时迟那时快，火山正好发出怒吼般的声响。当卜多力觉得眼前一片空白，火山便摇啊摇地，晃动了好一阵子。柯波博士和贝内技师都蹲了下来，紧紧抓住岩石；飞行船也像乘风破浪般缓缓地摇晃。

地震好不容易才平息了下来。柯波博士起身后大步走向小屋。小屋里，茶打翻了，酒精燃烧着蓝色的火焰。

柯波博士仔细确认器械，和贝内技师讨论了许多事情，最后说:“无论如何，明年一定要把所有潮汐发电厂都盖好。盖好之后，遇到这种情况就可以在一天内处理好。而且还要施放卜多力说的沼田肥料。”

“到时候干旱就一点也不可怕了。”贝内技师也说。

卜多力雀跃极了，简直想一路跳舞直奔山顶。事实上，火山那时再次晃动起来，卜多力的确整个人跳到地板上。

博士说:“这次晃得很厉害，萨姆托里市一定也能感觉到。”

贝内技师接着说:“看来刚才位于我们北边一公里、地表下大约七百公尺处，差不多这间小屋六七十倍大小的岩块掉进熔岩里。直到气体突破最后一道岩石，火山里还有一百、甚至两百个这种岩块。”

博士沉思了一会儿，说:“嗯，我先告辞了。”说完便走出小屋，轻巧地坐上飞行船。博士挥了挥灯光，向贝内技师与卜多力告别，之后绕过火山往另一头飞去。贝内技师与卜多力目送博士离开后，回到小屋里轮流休息与观测。

工作小组于天亮时抵达山麓，贝内技师让卜多力留在小屋里，独自前往昨天找到的那片草地。当风从下往上吹，卜多力就能清楚听见大家的说话声、金属材料的碰撞声。贝内技师会随时告知卜多力目前的工作进度，并询问气体压力、火山形状是否有所变化等。接下来的三天，无论是卜多力还是山麓的工作小组，每个人都在剧烈的地震与轰鸣声之中不眠不休地辛勤工作。到了第四天上午，贝内技师通知卜多力：

"卜多力，这里准备好了，你快点下来吧。再全部确认一次观测器械，确认完之后就放着。资料要全部拿出来，那间小屋今天下午就会消失啦。"

卜多力依照吩咐下山后，看见原本放在仓库里的大型金属材料已经搭建成塔楼，等电流一来，各式各样的器械就可以立刻开始运作。贝内技师忙得脸颊凹陷，工作小组的人也个个脸色苍白，但眼神依旧炯炯有神。大家都笑着跟卜多力打招呼。

贝内技师说："好，走了。大家准备好就上车吧。"一行人闻言，迅速坐进二十辆汽车里。汽车排成一列，自山麓往萨姆托里市奔驰而去。贝内技师将车停在火山与萨姆托里市两地中央，对大家说："在这里搭帐篷，大家先睡一下吧。"大家都没多说话，倒头就睡。

那天下午，贝内技师放下话筒后大喊："电线到了。卜多力，开始吧。"贝内技师打开开关。卜多力与其他人走出帐篷，凝视萨姆托里的腹地。原野上满是盛开的白色百合，而萨姆托里火山就耸立在遥远的那端。

很快地，萨姆托里火山左边山麓开始晃动。蕈状的黑烟一喷出来便直达天际，而火红的熔岩自烟的底部流出，才一眨眼的工夫就扩散成扇形，流进海里。此时，地面出现剧烈的晃动，百合花也跟着摇摆。突然一声巨响，音量大得几乎可以将众人击垮。紧接着，风"呼"地一声吹了过去。

"成功了！成功了！"大家指着远方高声叫道。萨姆托里火山的黑烟四散，覆盖了整片天空,天空顿时暗了下来。滚烫的碎石不断落下,大家随即躲入帐篷。尽管还是有些担心，但贝内技师确认时间后说：

“卜多力，我们还是成功了。虽然还有些火山灰，但危机已经解除了。”碎石逐渐化为灰烬，而且越来越少。大家再次冲出帐篷。放眼望去，原野是一片无边无际的灰。灰积了一寸高，完全看不到已经被摧折的百合花，天空也变成奇异的绿色。萨姆托里火山山麓出现小小的隆起，不断冒出灰色的烟。

那天傍晚，大家踩着火山灰与碎石爬上山，将新的观测器械装设好便各自回家了。

七、云海

接下来四年，他们依照柯波博士的计划，沿着伊哈托威的海岸设置了两百座潮汐发电厂，并依序在伊哈托威周围的火山上修建观测小屋与白色的金属制塔楼。

卜多力成为技师后，一年三百六十五天，大部份的时间都在巡逻这些火山。当火山出现危机，卜多力就要负责处理。

隔年春天，伊哈托威火山局在各城镇张贴海报，内容是——

氮肥料施放通知

今年夏天，我们会在各位的田里施放少许人造雨与硝酸阿摩尼亚，施放量为每一百平方米配一百二十公斤。若平时有使用肥料的习惯,请计算后斟酌用量。

如遇干旱，我们会施放不致使作物枯竭的人造雨。以往因缺水而无法耕作的沼田，今年毋需担心，请尽管进行插秧工作。

那年六月，卜多力有段时间待在位于伊哈托威正中央的伊哈托威火山山顶小屋。眼前是一片灰蒙蒙的云海，伊哈托威全部的火山看起来就像一座座黑色的岛屿。一艘飞行船拖着长长的白烟，经过一座又一座的火山，仿佛在山峰搭了一座桥梁。随着飞行船向前飞行，后头的白烟越来越粗、越来越明显，最后静静地沉入云海。很快地，云海看起来就像一张白色会发光的大网子，笼罩着每座火山。之后飞行船不再冒出白烟，而是在空中画圆，看起来就像在跟卜多力打招呼。又过了一会儿，飞行船倾斜船头，隐没在云海之间。

电话响起，是贝内技师的声音："飞行船刚回来。下面已经准备好了，雨也开始下了。行动吧。"

卜多力一按下开关，方才那张以白烟组成的网子随即闪耀美丽光芒，有桃色、蓝色、紫色……让人看了目不暇接。卜多力出神地凝视眼前的景象，直到光芒消失。随着太阳慢慢西沉，云海也暗下来，天空恢复灰蒙蒙的模样。

电话再次响起。

"硝酸阿摩尼亚已经混进雨水里了，分量刚好，移动情形也很不错。再过四小时，就可以完成这个地区的工作。继续努力吧。"

卜多力兴奋到几乎要跳起来。

想必蓄着红胡须的主人、隔壁那个怀疑石油是否能当成肥料的人……大家都在云海下开心地听着雨声吧。明天早上，大家就会忍不住用手抚摸绿色的稻秆——啊，这简直就像一场梦。卜多力眺望着一下变暗一下闪耀美丽光芒的云海，独自想象着。不知道是不是因为夏天的夜晚特别短，感觉一下子就天亮了。在忽明忽灭的电光间，云海的东边微微泛黄。

不过那是月亮，而不是太阳。黄色的月亮蓦然现身。当云海闪耀蓝色的光芒，月亮就呈现出异样的白色；当云海闪耀桃色的光芒，月亮便仿佛笑逐颜开。卜多力已经忘了自己是谁、在做什么，只是怔怔地凝视前方。

电话再次响起。

“这边开始打雷了。网子好像断了不少。做得太过火，明天报纸会指责我们的不是。差不多可以停下来了。”

卜多力放下话筒后竖起耳朵——云海四处传来细微的磨擦声，仔细听，那的确是破碎的打雷声。

卜多力按下开关后，只剩下月光的云海静静地向北边流动。卜多力用毛毯包裹全身，沉沉入睡。

八、秋天

尽管跟气候也有关系，那年农作物的收成还是达到近十年的高峰。火山局收到来自四面八方的感谢状，以及给予鼓励、肯定的信件。卜多力打从出生以来，第一次觉得自己的人生充满意义。

然而之后发生了这么一件事。有一天卜多力前往塔奇纳火山，在回程的路上经过一个小村落。那个村落的沼田已经收割，放眼望去光秃秃的一片。由于正好是中午，卜多力走进一间贩售杂货、点心的商店，打算以面包果腹。他问：“有面包卖吗？”店里有三个打赤脚的人，喝酒喝得两眼通红。其中一人起身，给了卜多力一个奇怪的答案：

“有是有，但硬得跟石头一样，不能吃。”说完，三人看着卜多力的脸哄然大笑。卜多力很不高兴地走出商店。他一出来，就看见一个理着平头、身材高大的男人走向他。男人劈头就说：“喂，你就是今年夏天在空中用电洒肥料的卜多力吧？”

“是啊。”卜多力不以为意地回答。没想到男人突然大叫：“火山局的卜多力来了，大家快来呀！”

包括刚才那间商店里的人，还有从田里走过来的人。现场一下子就聚集了十八个农夫，每个人都露出不怀好意的笑容。

“混账，你的电害我们的稻米全都死了。为什么要这样做?”其中一人说。

卜多力冷静地说：“死了？你们没有看到春天张贴的海报吗?”

“你这混账。”另一个人把卜多力的帽子打飞，其他人就围上来对卜多力拳打脚踢。卜多力被打得莫名其妙，最后甚至失去意识。

醒来后，卜多力发现自己躺在一张白色床铺上，四周看起来像是医院的病房，枕边放着许多慰问的电报与信件。卜多力全身又痛又热，动弹不得。所幸一星期后，卜多力的伤便近乎痊愈。原来是一个农业技师在指导农夫施肥时出错，最后却把稻米死亡的责任推给火山局，才引发这起事件。当卜多力在报纸上看见这则新闻时，一个人在病房里大笑起来。

一天下午，护士走进病房说：“有位名叫奈莉的女性想要见您。”卜多力还以为自己在做梦。

不久后，一个皮肤黝黑的农家妇人胆怯地走进病房。虽然外表大变，但那的确是被人从森林带走的奈莉。两兄妹沉默了好一阵子，卜多力才开口问奈莉在那之后发生了什么事。奈莉以伊哈托威农家的口音与语气，娓娓道出她这段日子的经历。

男人将奈莉带走后三天，似乎开始觉得麻烦，于是把她丢在一个小牧场的附近，就此不见踪影。

奈莉边走边哭，牧场主人看她可怜便收留了她，让她帮忙照顾婴儿。奈莉长大后变得很能干，什么活都能做。三四年前，她嫁给了牧场主人的大儿子。她说往年自己都得将厩肥运到很远的田地，但今年托施放肥料的福，她省了非常多力气。无论是离家较近的芜菁，还是较远的玉米，收成都非常好，所以全家人都很开心。她好几次和丈夫一起到森林里去，却都败兴而归，小时候他们住的房子破烂不堪，也遍寻不着卜多力。昨天，她丈夫在报纸上看见卜多力受伤的新闻，她才能和哥哥重逢。卜多力答应奈莉，伤好了以后一定会去他们家道谢。之后奈莉就回去了。

九、卡鲁博托纳特岛

接下来五年，卜多力真的很快乐。他经常拜访蓄着红胡须的主人，向他道谢。

主人虽然年事已高，但精神一直很好。现在他养了一千只以上的长毛兔，田里只种红甘蓝，尽管一样投机取巧，生活却比以前好上许多。

奈莉生了一个可爱的男娃娃。冬天农闲时，奈莉会把儿子打扮得跟农夫一模一样，和丈夫一起到卜多力家住上几天。

有一天，以前一起在蚕丝工厂工作的人来找卜多力，告诉卜多力——他爸妈的墓就在森林最深处的大榧树下。当时，养蚕的男人到森林里观察每棵树木时，发现卜多力爸妈冰冷的尸体，为了不让卜多力知道，便将他们埋进土里，随意插上一枝白桦木的树枝做记号。卜多力立刻带着奈莉一家人到那里去，用白色的石灰岩为爸爸妈妈立墓。之后只要他路过附近，就一定会去看看。

卜多力二十七岁那一年，寒害似乎又要卷土重来。观测站根据太阳与北边海水的情形，推断从二月开始，气候就会出现剧烈的变化。推断逐渐成真，不仅辛夷不开花，五月还足足下了十天的雨雪。每个人想起当年的惨况都无比担忧。柯波博士也不断征询气象与农业技师的意见，并在报纸上刊登相关建议。然而，寒冷的天气一直没有改变。

到了六月初，卜多力看着稻秧枯黄、树木光秃，感到坐立难安。那一年，卜多力结识了许多像家人一样的朋友，再这样下去，无论是森林还是原野都会遭殃。卜多力废寝忘食地想了又想、想了又想。一天晚上，卜多力前往柯波博士家。他问柯波博士："老师，当大气层里的二氧化碳增加，地球是不是会变得温暖?"

“会吧。据说地球形成至今的气温，都取决于空气中二氧化碳的量。”

“卡鲁博托纳特岛的火山如果爆发，会喷出足以改变气候的二氧化碳吗？”

“我曾经计算过。如果现在爆发，气体就会混入风循环的上层空气，包住整个地球。这样一来，就会阻碍下层空气与地表的散热，使平均温度上升五度。”

“老师，难道我们不能让它现在就爆发吗？”

“可以是可以，但必须牺牲一个人。”

“老师，请让我去吧。请老师说服贝内老师，让我去执行这项工作。”

“不行，你还年轻，而且没有人能胜任你现在的工作。”

“我相信接下来有许多人可以胜任我的工作，而且他们一定比我能干、比我优秀、能比我更愉快地工作。”

“我无法决定这件事，你去找贝内技师商量吧。”

卜多力回来后和贝内技师商量，技师表示首肯。

“这个主意很好，但我去吧。我今年六十三岁，死了也心甘情愿。”

“老师，这次有太多不确定的因素。就算火山成功爆发一次，气体有可能会被雨带走，或是发生其他无法预料的情况。如果牺牲了老师却没有成功，之后我们就束手无策了。”

贝内技师低头不语。

火山局的船在三天后抵达卡鲁博托纳特岛，他们在岛上搭建塔楼并连结电线。

准备就绪后，卜多力让其他人坐船回去，独自留在岛上。

隔天，伊哈托威的人发现天空出现混浊的绿色，太阳、月亮呈现铜色的光泽。

三四天后，天气越来越暖和。那年秋天，农作物的收成再度恢复以往的水准。到了冬天，就像故事一开头描述的卜多力家，家家户户的爸妈跟他们的小孩一同享用温热的食物、明亮的火炉，过着幸福快乐的生活。

银河铁道之夜

当他回过神来，发现自己已经坐在一辆小小的火车上。不停向前疾驶的列车，上头点着一排黄色灯泡，而他就坐在车厢里，从窗内向外看。

一、午后的课

“这条白茫茫的银河，有人说它像条河，也有人说它像是牛奶流淌过的痕迹。大家知道这些白点是什么吗？”黑板上挂着一张黑底的星座图，老师指着图中由上到下、犹如白色烟雾的银河问道。

卡帕内拉率先举手，之后又有四五个同学举手。乔凡尼原本也想举手，但最终打消了念头。尽管他确实曾经在杂志上读过那些白点全都是星星，但他这阵子每天都在教室里打瞌睡，没有时间看书，也没有书可以看，所以对任何事情都不是很有把握。

但老师一下子就注意到了。

“乔凡尼，你应该知道吧？”

乔凡尼奋力起身，但就只是站着，无法明确回答。坐在前面的札内利回过头来，看了看乔凡尼，发出窃笑声。札内利的反应让乔凡尼面红耳赤，不知该如何是好。此时老师接着说：“如果我们用大型望远镜仔细观察，会发现银河是由什么组成的呢？”

乔凡尼仍觉得答案是星星，却不敢立刻说出来。

老师露出不解的神情。

过了一会儿，老师望向卡帕内拉：“那……卡帕内拉？”卡帕内拉刚才举手时明明还很有精神，现在却扭扭捏捏地，站是站起来了，却迟迟不肯回答。

老师意外地盯着卡帕内拉好一会儿，才指向星座图说：“好，如果用大型望远镜观察这条白茫茫的银河，我们会看见许许多多的小星星。是吧，乔凡尼？”

面红耳赤的乔凡尼点了点头。他的眼眶里满是泪水——是啊，我本来就知道，卡帕内拉一定也知道。因为那是我们一起在卡帕内拉家看杂志时读到的。卡帕内拉的爸爸是个博士。那时卡帕内拉看到杂志这样写，就从他爸爸书房里搬出一本厚厚的书，翻到写着“银河”的那一页。书上那张黑底上有着无数白点的照片好美，那时我们看了很久。卡帕内拉不可能忘记这件事，他没回答，一定是因为我的关系。他知道我这阵子从早到晚都要辛苦工作，到学校上课也不跟大家一起玩，就连和他说话都少了。他同情我，所以故意不回答——想到这里，乔凡尼觉得自己和卡帕内拉都好可悲。

老师继续说：“如果我们把天河想象成真的河流，这一颗颗小星星就是河里的砂石；如果我们把天河想象成牛奶流淌过的痕迹，那星星们就像牛奶里那些细微的脂肪球。假设星星是天河里的砂石，那天河里的水是什么呢？答案是真空。真空可以用一定的速度传递光线，而且太阳、地球都在其中，也就是说，我们都住在这条天河里。就像我们看水，水越深看起来越蓝；身处天河的我们观察四周，星星越远看起来越密，最后就成了白茫茫的一片。大家看一下这个模型……”

老师指着大大的双面凸透镜，里头有许多发光的砂粒。

“天河的形状就像这样。这些发光的砂粒和太阳一样，是一颗颗会自己发光的星星。假设太阳位于天河中央，而地球在太阳旁边。那么大家晚上在凸透镜正中央观察四周时，会发现因为这边比较薄，所以只会看见一点点发光的砂粒；但是这边和这边很厚，就能看见很多发光的砂粒——也就是星星。因为星星很多，所以看起来白茫茫的。这就是我们现在所说的银河。快要下课了，下次我再告诉大家这凸透镜有多大、里头有哪些星星。今天是银河祭，大家可以到外头好好观察。今天就上到这里，把书还有笔记本收起来。”

接着教室里响起阵阵开关书桌盖以及收拾书本的声响，没多久后，大家乖乖地起立，向老师敬礼后，便离开教室。

二、活字印刷厂

乔凡尼正要走出校门的时候，看见七八个同班同学还没回家，他们围在校园角落一棵樱花树下，卡帕内拉也在其中。银河祭时，人们会把散发蓝色光芒的王瓜灯笼放进河里，看样子他们是在讨论摘王瓜的事。

然而，乔凡尼只是大大地挥挥手，接着毫不犹豫地大步走出校门。镇上家家户户都在为今晚的银河祭做准备，有人在挂用红豆杉叶子做成的球，有人在装桧木枝上的灯饰。

乔凡尼没有马上回家，他转过三个路口，走进一间很大的活字印刷厂。一走进大门，他就向大门柜台里那个身穿宽大白色衬衫的人行礼，接着脱鞋、往里面走，打开尽头的那扇房门。虽然太阳还没下山，但里头的灯是亮的。许多台轮转印刷机不断运转，而头上绑着布条或戴着帽子的人们口中念念有词地算着数，正努力工作着。

乔凡尼走向从房门算来第三张高高的桌子，向桌子后方的人行礼。对方在架子上找了一会儿，递给他一张纸条："看你能不能捡这么多……"

乔凡尼从对方桌子下方拉出一个平坦的小箱子，走到对面灯光充足的墙角。他蹲下来，用镊子把米粒般大小的铅字一个个捡出来。一个胸前绑着蓝色工作围裙的人自乔凡尼身后走过，他说："嘿，小放大镜，早啊。"附近的四五个人听了，没有转头、没有出声，只是冷冷地笑。

乔凡尼揉了揉眼睛，继续捡着铅字。

六点一到，乔凡尼核对了一下手里放满铅字的箱子与纸条，接着把箱子拿到刚才那张桌子前。对方接过箱子后一句话也没说，只是微微点了点头。

乔凡尼再次行礼后便打开房门，走向刚才经过的柜台。身穿白衬衫的人一句话都不说，默默地给了乔凡尼一枚硬币。乔凡尼立刻欣喜万分。奋力行礼后，他拿起放在柜台下的书包，飞奔至大街上。乔凡尼精神奕奕地吹着口哨，走进面包店买了一块面包、一袋方糖，又飞快地跑了出来。

三、家

乔凡尼一路狂奔回家，那是一间位于巷弄里的小屋。小屋有三扇门，最左边那扇门前的箱子里种着紫色的羽衣甘蓝和芦笋。两扇小窗的遮阳板都没有打开。

“妈妈，我回来了。你身体还好吗?”乔凡尼脱鞋时问道。

“啊……乔凡尼，工作很辛苦吧? 今天很凉快，我身体一直很好。”

乔凡尼走进屋内。妈妈躺在最靠近入口的房间里，身上盖了一条白色方巾。乔凡尼打开窗户。

“妈妈，我今天买了方糖，可以放在你的牛奶里。”

“你先吃吧，我还不饿。”

“妈妈，姐姐什么时候回去的?”

“三点吧，她帮我做了好多事。”

“妈妈的牛奶还没来吗?”

“是啊……还没来啊……”

“我去拿吧。”

“不急，你先吃吧。你姐姐用番茄做了点东西才走的，就在那儿。”

“那我先吃啦。”

乔凡尼从窗边拿起装着番茄料理的盘子，配着面包大口大口吃了起来。

“妈妈，我觉得爸爸快要回来了。”

“我也这么觉得，不过你为什么这么说呢?”

“今天早报有写，今年出海去北边打鱼的人收获非常好。”

“但你爸爸又不一定是出海打鱼。”

“一定是，爸爸不可能做出得要坐牢的坏事。之前爸爸捐给学校的大蟹壳、驯鹿角还在标本室里呢。六年级上课的时候，老师会拿到教室，让大家轮流看。前年的校外教学……”

“你爸爸说过下次要带一件海獭毛皮外套给你。”

“大家只要一看见我，就会问这件事，一副在嘲笑我的样子。”

“有人会说你的坏话吗?”

“嗯，可是卡帕内拉不会，大家嘲笑我的时候，他总是很同情我。”

“你爸爸和他爸爸，好像在你们这个年纪的时候就是朋友了。”

“原来……所以爸爸才会带我去卡帕内拉家。那时候真好，我放学后常常去卡帕内拉家。卡帕内拉家有一台用酒精灯发动的小火车，把七节轨道组合起来就会变成一圈，上头还有电线杆、信号灯。只有在小火车通过的时候，信号灯才会是绿色的。有一次因为酒精用完了，我们就用汽油代替，没想到把罐子烧得黑黑的。”

“是吗?”

“我现在每天早上送报纸也会绕到他们家，但他们家总是静悄悄的。”

“因为太早了呀。”

“他们家有一只狗叫查威，它的尾巴很像扫把。每次看见我，它就会用鼻子发出哼哼哼的声音，一直跟我跟到转角，有时候还会跟到更远的地方。今天他们要去河边放王瓜灯笼，查威一定也会跟去。”

“我差点忘了今天是银河祭。”

“对呀，我去拿牛奶，顺便过去看看。”

“去吧，不过别下河啊。”

“嗯，我只会站在岸边看，玩一个小时就回来。”

“多玩一会儿吧，你和卡帕内拉在一起，我很放心。”

“嗯，我会跟他在一起的。妈妈，我把窗户关上啰?”

“谢谢你，今天真是蛮凉的。”

乔凡尼起身关上窗，把盘子与面包袋收拾干净。

“那我一个半小时后回来。”

他一边穿鞋一边说道，接着走进昏暗的巷弄。

四、半人马座祭的夜晚

乔凡尼像是在吹口哨般嘟起嘴，神情落寞地走过种满桧木的坡道。

坡道下方那盏高大的路灯，发出明亮的青白色光芒。乔凡尼越是靠近路灯，身后原本拉得长长的灰色影子，颜色就越发浓郁。最后清清楚楚的影子抬脚挥手地移动到乔凡尼身旁。

呜——我是神气的火车头，斜坡时跑得最快。我现在要经过那盏路灯啰。你看，我的影子就像圆规画圆一样，绕了一大圈，现在绕到我前面了。

乔凡尼一面幻想一面大步走过路灯，同班同学札内利穿着领口笔挺的全新衬衫，从路灯对面一条昏暗的小路走出来，和乔凡尼擦肩而过。

“札内利，你要去放王瓜灯笼吗?”乔凡尼话还没说完，札内利就在他后面大喊:“乔凡尼他爸说海獭外套要来啰——”

乔凡尼胸口一紧，感觉气急攻心。

“你说什么?”乔凡尼高声喊了回去，但札内利已经走进对面一间种着罗汉柏的房子里了。

“我又没做什么坏事，札内利为什么要对我说那些话呢？他自己跑步的样子那么像老鼠……札内利会平白无故对我说那些话，一定是因为他是笨蛋。”

胡思乱想的乔凡尼走在街上，人们用各式各样的灯饰与枝叶装饰街道。钟表店的霓虹灯光彩夺目，有用各色石头组成的猫头鹰，还有用各式宝石装饰的厚玻璃盘。那玻璃盘的颜色就像大海一样。每隔一秒，猫头鹰的红色眼睛都会咕噜咕噜地转动。此外，玻璃盘上的宝石会像星星一样慢慢旋转，人马铜像还会优雅地前后移动。中间的黑色星座图则以绿色芦笋叶作为装饰。

乔凡尼忘我地凝视那张星座图。

虽然这张星座图比白天在学校看的那张图小很多，但只要调整成当天的日期与时间，就能在眼前的椭圆形里看见当时的星空。此外，这张星座图一样有从上方延伸到下方的银河，看起来就像轻微爆炸时可能会出现的水蒸汽。星座图后方脚架上的小望远镜散发出黄色的光芒，而最深处的墙壁上则是挂着描绘各星座的图画，有不可思议的野兽、蛇、鱼还有水瓶。乔凡尼怔怔地站在那里，心想“天空里真的有蝎子、有勇士吗?”开始想象自己漫步其中的模样。

过了一会儿，乔凡尼猛然想起妈妈的牛奶，赶紧离开那家钟表店。尽管他感觉自己肩膀处有点紧，但他仍然刻意抬头挺胸，大步走过一条又一条的街道。

空气十分清新,像水一般在街道、店家里流动。冷杉和橡树的枝叶围住路灯，电力公司前那六棵悬铃木装饰着许多小灯泡，让人仿佛置身人鱼之都。小朋友们穿上全新的衣服，用口哨吹起《星星之歌》的旋律。

小朋友们开心地嬉闹着，有人一边跑一边大喊“半人马座呀，请降下露水——”，有人在玩仙女棒。但乔凡尼低着头，脑袋里想着完全不同的事，快步走向牛舍。

不知不觉间，乔凡尼已经走到离小镇很远，有着一排排白杨树的地方。他穿进牛舍的黑色大门，走向昏暗的厨房，厨房里有股牛的味道。乔凡尼脱下帽子说了声："晚安。"但屋内一片寂静，感觉一个人也没有。

"晚安，有人在吗？"乔凡尼立正站着又喊了一声。过了好一会儿，一个年长而且身体似乎不太舒服的女人步履蹒跚地走出来，询问乔凡尼的来意。

"我们家的牛奶今天没有送来，我是来拿牛奶的。"乔凡尼大声地说。

"现在没有人在，你明天再来拿吧。"对方揉了揉红通通的眼睛，俯视着乔凡尼。

"我妈妈生病了，我今天一定要拿到牛奶。"

"那请你等一下再来吧。"对方一说完便转身离开。

"好的，谢谢你。"乔凡尼行礼后便走出厨房。

在十字路口准备转弯的时候，他看见桥对面的杂货店前，有几个身穿黑色外套、白色衬衫的身影。那是六七个学生，他们一边笑一边吹着口哨，手里提着王瓜灯笼朝着他的方向走来。乔凡尼非常熟悉那些笑声与口哨声，因为他们是乔凡尼的同班同学。乔凡尼下意识想要回避，但他转念一想，决定大步迎向他们。

"你们要去河边吗？"乔凡尼想开口问，却觉得喉咙卡住了。

"乔凡尼，海獭外套要来啰——"刚才遇到的札内利又开始喊闹。

"乔凡尼，海獭外套要来啰——"大家跟着起哄。乔凡尼脸红耳赤，脑中一片空白，只想尽快离开。他看见卡帕内拉也在里头，卡帕内拉面露同情，默默地对他笑了一下，似乎在想他会不会生气。

乔凡尼避开卡帕内拉的眼神，当他经过高大的卡帕内拉身旁，同学们再度吹起口哨。转弯前，乔凡尼回头望去，发现札内利也转身盯着他看，卡帕内拉则是跟大家一同高声吹着口哨，走向对面那座隐约可见的桥。乔凡尼突然觉得寂寞极了，于是拔腿狂奔。一旁用手捂着耳朵，一边叫喊一边用单脚跳的小小孩们以为乔凡尼是因为在玩才会跑这么快，于是对着他大喊。没多久，乔凡尼就跑到了黑漆漆的山丘。

五、气象观测塔之柱

牧场后方是一座坡度平缓的山丘。在北边的大熊星下，一片漆黑的山顶感觉比平常矮，几乎没有什么起伏。

乔凡尼自满是露水的林间小路，一步一步走上山丘。漆黑的茂密草木看起来奇形怪状的，但星光却照亮了那条小路。草木间躲着发光的小虫，光线自叶片透出——这让乔凡尼想起大家手里拿着的王瓜灯笼。

穿过伸手不见五指的松树与橡树林，天空豁然开朗。乔凡尼看见天河一路由南边延伸到北边，还看见山顶的气象观测塔。此外，他还看见一片盛开的风铃草与野菊花，空气中弥漫的香气让人犹如身处梦中。一只发出鸣声的小鸟飞过山丘。

乔凡尼走到山顶的气象观测塔下方，疲倦地躺倒在凉凉的草地上。

黑暗中，镇上的灯光看起来就像海底的龙宫。他可以听见小朋友们细微的歌声、口哨声，还有断断续续的呐喊声。远方传来风声，山丘上的草静静地摇摆，乔凡尼因汗水而湿透的衬衫变得冰冷。他在离小镇有段距离的地方，眺望远处那片黑暗的原野。

原野上传来火车的声响。红色的列车看起来很小，上头有一排车窗。透过车窗，可以看见列车里有许多乘客，有人在削苹果、有人在笑……一想到这里，乔凡尼突然有种说不出的难过，他再次望向天空。

啊……这条白色的带子是由星星组成的。

但不管他怎么看，天空都不像白天老师说得那样空旷、冰冷，而且他越看越觉得天空就像一片小树林，或者是一座牧场、一片原野。接着，乔凡尼发现蓝色的天琴星从一个变成三四个，一闪一闪地，一会儿把脚伸出来，一会儿又收回去，后来变得好长好长，就像香菇一样。最后，就连眼底那片镇上风光看起来都像许多颗星星聚在一起，又像是一大片的烟雾。

六、银河站

乔凡尼身后的气象观测塔在不知不觉间变成一座三角标，犹如萤火虫的光亮般一闪一灭。三角标越来越清晰，最终一动也不动地耸立在靛蓝色的广阔天空。天空的颜色，犹如刚锻冶好的蓝色钢板。

乔凡尼才刚听见某处传来奇异的声音："银河站——银河站——"眼前倏地一片亮光。仿佛数以亿万计的萤光鱿鱼瞬间成为化石，沉入天空；又像钻石公司为了不让钻石跌价，刻意将开采到的金刚石藏起来，却不小心被人打翻散落一地那般。眼前的亮光让乔凡尼忍不住揉了好几次眼睛。

当他回过神来，发现自己已经坐在一辆小小的火车上。不停向前疾驶的列车，上头点着一排黄色灯泡，而他就坐在车厢里，从窗内向外看。座椅用蓝色天鹅绒布包着，鼠灰色墙上那两颗牡丹花造型的黄铜钮，正发出光芒。

乔凡尼注意到前面的座位上有一个小朋友。他身穿湿答答的黑色上衣，个子很高，正将头探出车窗观看。乔凡尼觉得对方的背影似曾相识，很想知道他是谁。乔凡尼原本想把头伸出窗外，没想到对方却先把头缩回车厢里，看着乔凡尼。

是卡帕内拉。

乔凡尼想问卡帕内拉是不是一直都在这里，但卡帕内拉先开口说：

“他们跑了好久，可是都没有赶上这班列车，札内利也没赶上。”

乔凡尼心想“那现在就只有我们两个人了”，但还是说：“要不要在哪里等他们来?”

“札内利已经回去了，他爸爸来接他。”卡帕内拉答道。

不知为什么，卡帕内拉的脸色有些苍白，好像哪里不舒服似的；而乔凡尼也觉得自己“好像忘了什么”，感觉有些奇怪，所以一时间没有开口说话。

卡帕内拉望了望窗外的景色，总算恢复精神说：“糟糕，我忘了带水壶，还有素描本。没关系，天鹅站就要到了。我真的很喜欢天鹅，就算天鹅飞到很远的河边，我一定也会看见。”接着，卡帕内拉拿出一张圆板状的地图，一边转动地图一边确认。地图中央有一条天河，而铁道就沿着天河的左岸一路向南延伸。这张地图的厉害之处在于夜空般漆黑的盘子上，每个车站、三角标、泉水、树林……都散发着蓝色、橙色、绿色等五彩缤纷的光芒。乔凡尼觉得自己好像在哪里看过这张地图。

“这张地图是在哪里买的？是用黑曜石做的吧?”乔凡尼问。

“银河站的人给我的，你没有吗?”

“咦？我有经过银河站吗？我们现在是在这个地方吧?”乔凡尼指向天鹅站的北边。

“是啊。你看，那片河岸就是月夜吧?”两人往那边一望，看见银色的芒草在散发青白色光芒的岸边随风摇曳，掀起层层波浪。

“那不是月夜，是银河。”乔凡尼说着说着，心里雀跃万分。他将脸探出窗外，高声用口哨吹着《星星之歌》的旋律，尽可能将身子探得更出去一些，试图看清楚天河里的水。一开始虽然看不太清楚，但仔细观察后发现，那美丽的水比玻璃、比氢气都要透明。可能是眼花吧，他觉得自己看见闪闪的紫色水波，灿烂夺目如同彩虹的光芒。

天河里的水无声无息地流动着，空中的原野到处都是美丽的磷光三角标。三角标越远，看起来就越小，但颜色都很明显，例如橙色、黄色……而三角标越近，看起来就越大，只是都白茫茫的，有时感觉像三角形，有时像四边形，甚至是闪电、锁链的形状。

乔凡尼感觉自己心跳加快，他用力地摇了摇头。没想到，原野上那些闪烁着蓝色、橙色光芒的三角标也像呼吸一般，一闪一闪地摇晃起来。

“我真的到了天上的原野……”乔凡尼说，“而且这辆火车不需要烧煤呢！”他把左手伸出窗外，看着前方继续说。

“应该是用酒精或电吧？”卡帕内拉说。

喀登喀登喀登喀登——这辆小而美的火车，穿过随风摇曳的芒草、穿过天河的水、穿过发出微光的三角标，不断地向前行驶。

“啊，龙胆花开了，已经深秋了呢。”卡帕内拉指着窗外说。

铁道旁低矮的草地里，开着美丽如月长石般的紫色龙胆花。

“我跳下去摘一朵花再跳上车吧？”乔凡尼跃跃欲试地说。

“不行，已经离这么远了。”

卡帕内拉话还没说完，他们又看见一片花团锦簇的龙胆花一闪而过。随后，一片片黄蕊的龙胆花如骤雨般汹涌而来，随之又消逝在眼前，直立的三角标则绽放如烟如雾般的光芒矗立在原野上。

七、北十字星与上新世海岸

“妈妈会原谅我吗……”卡帕内拉突然说出这句话来，态度虽然有些迟疑，从那急促的语调，可以看出他心中的焦急。

乔凡尼默不作声，怔怔地想："对呀，我妈妈也在远方那个像灰尘一样大的橙色三角标附近，想着我的事情呢！"

"我愿意做任何事情，只要妈妈能获得真正的幸福。可是……对妈妈来说，到底什么才是最幸福的事呢？"卡帕内拉似乎在拼命隐忍，深怕自己忍不住哭了出来。

"你妈妈又没有发生什么事？"乔凡尼惊讶地喊出声来。

"嗯……不过我想无论是谁，只要做了好事，应该就是最幸福的吧。所以我想妈妈会原谅我。"卡帕内拉此时看来十分肯定。

车厢内忽然亮了起来。原来是他们经过银河中一座闪耀着白色光芒的小岛。河床上满是金刚石、草露等一切美丽的事物，河水无声无息地流动着。小岛的平地上立着一具庄严、醒目的白色十字架，犹如北极冻结的冰云铸造而成。沉默矗立的十字架背后，发出一道灿烂夺目的金色光环，庄严无比。

"哈利路亚，哈利路亚"——前后传来相同的声响。两人回过头去看，只见车厢里所有乘客都站着，有人将黑色封面的圣经抱在胸前、有人拿着水晶念珠，每个人都神情肃穆地十指交错，对着十字架祷告。卡帕内拉和乔凡尼见状也立刻起身。卡帕内拉的脸颊散发苹果成熟时的光泽，好看极了。

列车渐渐驶离小岛与十字架。

对岸也不时闪耀蓝色光芒。每当银色芒草随风摇曳，看起来也是雾茫茫的一片银色，其间若隐若现的龙胆花，感觉就像温柔的磷火。

由于芒草遮住了天河与列车间的景色，天鹅岛只在后头出现过两次，而且都是一瞬间的事。很快地，天鹅岛就距离列车很远，看起来小小的，仿佛是一张图。当芒草再次沙沙作响，两人已经完全看不到天鹅岛了。一位高个子的天主教修女，不知何时开始坐在乔凡尼身后，她的一双绿色眼睛低垂着，似乎虔诚地听着从某处传来的话语与声响。乘客们默默回到座位上，乔凡尼和卡帕内拉两人心中涌现一股悲伤的、曾未有过的情感，用不同以往的口吻轻声交谈着。

“再过一会儿就要到天鹅站了。”

“嗯，十一点准时到。”

很快，信号灯里的绿灯、白晃晃的灯柱在窗外一闪而逝，铁道交叉口那硫黄火焰般模糊的灯光也从窗外闪过。之后，列车开始放慢速度，月台上那排美丽且整齐的电灯亮了。随着列车靠近，灯光不断扩大，最后列车停在天鹅站的大时钟下。

在这个秋高气爽的日子，时钟里两根蓝色钢针清楚地指着十一点。大家下车后，车厢里一片空荡荡的。

时钟下写着【停车二十分钟】。

“我们也下去看看吧。”乔凡尼说。

“好呀。”两人一离开车门，就往检票口跑去。检票口只有一盏明亮的紫色电灯，却一个人也没有。他们左顾右盼，遍寻不着站长、脚夫的身影。

来到车站前的小广场，广场四周是如水晶雕刻般的银杏树。那里有一条宽广笔直的道路，直通往银河的蓝色光芒尽头。

不知道方才下车的人们都到哪里去了，广场上一个人也没有。当他们并肩走在那条白色的路上，两人的影子就像四面都有窗户的房间里的两根柱子；也像车轮的辐条，如放射状般向四面投射。没多久，他们就走到刚刚从火车上看见的那片美丽河岸。

卡帕内拉捞起一把洁净的砂粒，摊在手掌里用指尖翻弄。

“这些砂粒都是水晶，每颗水晶里都有小小的火焰。”

“嗯。”乔凡尼想起好像在哪本书上看过，怔怔地回应。

河岸上的砂石有的透明如水晶、黄玉，有的有着复杂的褶皱，也有似山棱绽放云雾般蓝光的刚玉。乔凡尼走到水边，试着将手放进水中。奇怪的是，银河的水虽然比氢气还要透明，却确实在流动。当他们把手腕放进水里，感觉水面浮现水银般的色彩，水波散发的美丽磷光，熠熠生辉好像燃烧的火焰。

望向上游，长满芒草的悬崖下是块白色的岩石，岩石延伸到河里，犹如运动场般平坦。那里有五六个小小的人影，感觉在挖掘或掩埋些什么。他们一会儿站起身来，一会儿蹲下去，手里的工具不时闪着光芒。

“我们去看看吧。”两人齐声一喊，便向着那一头跑去。白色岩石处的入口立着一块陶瓷般光滑的标志，上面写着——上新世海岸。

对面河岸上有许多铁制的细栏杆，以及精美的木制长椅。

“你看，这个好奇怪。”卡帕内拉停下脚步，从岩石堆里捡起一颗长长尖尖、犹如黑色胡桃果实般的物事。

“这是胡桃呀，你看，有好多。这些胡桃不是流过来的，原本就在岩石里。”

“好大，比平常的胡桃大了一倍。而且整颗完好无缺呢。”

“我们快过去看看吧，他们一定在挖什么。”

他们手里拿着黑色胡桃，继续往刚才的方向前近。左手边的沙洲，水波如温柔的闪电般发光靠近；右手边的悬崖，一整片犹如白银、贝壳般的芒草随风摇曳。

两人越走越近，看见一个貌似学者的人。他的个子很高、近视很深，脚上穿着长靴，他一面急急忙忙地在笔记本上写些什么，一面专注地用手指挥三个拿着鹤嘴锄、铁铲的助手。

“不要破坏那个突出的地方，用铁铲挖。我说用铁铲。稍微离远一点。不对不对，你们怎么那么粗鲁。”

原来白色松软的岩层中有一具大大的兽骨，目前已经露出一半了。再定睛一瞧，会看见留有双蹄足迹的岩石被切割成四方形，并编上号码，大约有十个左右。

“你们是来参观的吗?”貌似学者的人推了推眼镜，询问他们的来意。“那里有许多胡桃吧? 这些胡桃……嗯，大约是一百二十万年前的胡桃。年代还算近的呢。一百二十万年前，就是地质时代的第四纪，这边是一片汪洋。所以岩层里有很多贝壳，现在的河床，就是以前海水涨潮、退潮时留下的痕迹。这具兽骨是一种名为‘原牛’的动物……喂，那边不能用鹤嘴锄，小心一点挖啊。这种动物名为‘原牛’，是牛的祖先，以前很多。”

“这要做成标本吗?”

“不是，是用来证明这块厚厚的岩层是一百二十万年前形成的。我们收集了很多证据，试图说服原本与我们意见相左的人，在他们眼里，这些或许只是风啊、水啊或是虚无的天空。知道了吗? 喂，那边不能用铁铲，下面是肋骨啊!”学者急急忙忙跑了过去。

“时间差不多了，我们走吧。”卡帕内拉看着地图与手表说。

“那我们先告辞了。”乔凡尼恭敬地向学者行礼。

“那就再见啦。”学者走来走去，进行监督指挥工作。

两个孩子为了赶上火车，在白色岩层上飞奔，犹如疾风一样快，既不觉得气喘也不觉得腿酸。

乔凡尼心想“如果我能一直都跑这么快，就可以跑遍全世界了”。

他们经过刚才的河岸，离检票口的灯光越来越近。不久后，两人就坐在车厢里原本的座位上，从车窗眺望刚才飞奔过的那段路。

八、捕鸟人

“我可以坐这里吗?”

卡帕内拉和乔凡尼身后传来沙哑而亲切的声音。

那是一个男人，身穿咖啡色旧外套，肩膀上背着两个用白布绑起来的包袱。男人蓄着红色的胡须而且有些驼背。

“嗯，可以。”乔凡尼缩了缩身子。男人面带微笑，慢慢地将行李放到架子上。乔凡尼心里突然感到无比寂寞与哀伤。当他默默地看着正面的时钟，前方远远传来清脆的笛音,火车慢慢启动。卡帕内拉东张西望地观察着车厢的天花板。一只黑色的甲虫停在电灯上，因此天花板出现大大的影子。笑容和蔼可亲的男人看着乔凡尼与卡帕内拉。

火车越来越快，窗外交错着芒草与河川的景色。

男人有些迟疑地开口问道:“你们要去哪里呢?”

“想去哪里就去哪里。”乔凡尼看起来有点不好意思。

“真好，这辆火车的确可以到任何地方。”

“那你要去哪里?”卡帕内拉语带挑衅，乔凡尼听了不禁笑出声来。因为对面座位上那个头上戴着尖帽、腰上挂着一大串钥匙的人也瞟了一眼笑了起来，卡帕内拉不禁涨红脸大笑了起来。尽管男人没有生气，脸颊上的肌肉还是有些抽搐。

“我待会儿就要下车了，我靠捕鸟维生。”

“捕什么鸟?”

“白鹤呀、鸿雁呀，还有白鹭鸶和天鹅。”

“白鹤多吗?”

“是呀，它们刚刚就一直在叫呢，你没听到吗?”

“没有。”

“现在也听得到，要仔细听。”

两人抬起头，竖耳细听，却只听见火车喀登喀登前进的声响、吹过芒草的风以及哗啦啦涌出的泉水。

“你是怎么捉白鹤的呢?”

“你是说白鹤?还是白鹭鸶?”

“白鹭鸶。”其实乔凡尼一点也不在意。

“简单，白鹭鸶都是由天河里的砂石凝结而成，终究是要回到河里的。所以我只要在河岸上等，等白鹭鸶回来，在快要着地的时候一把抓住它们的脚，它们的身体就会变得僵硬，安心地死去。接下来你们也知道，就是要把它们做成押花。”

“押花?你是说做成标本吗?”

“不是标本，大家不是常常会吃吗?”

“好奇怪哦……”卡帕内拉歪着头说。

“一点也不奇怪,你们看。”男人从架子上把自己的包袱拿下来,迅速地解开,“来，你们看。这是我刚刚捉的。”

“真的是白鹭鸶耶!”两人异口同声地惊呼。里头有大约十只白鹭鸶，跟方才那座十字架一样，又白又亮。它们看起来扁扁的，黑色的双脚缩在一起，感觉很像浮雕。

“眼睛是闭着的呢。”卡帕内拉用手指摸了摸白鹭鸶如新月般紧闭的眼睛，白鹭鸶头上如长枪般的白毛更是完好无缺。

“你们看，没错吧?”捕鸟人用白布一层一层地将白鹭鸶包起来。乔凡尼心想“应该不会有人真的会吃白鹭鸶吧。”他问捕鸟人:“白鹭鸶好吃吗?”

“好吃，每天都有人买，不过鸿雁卖得更好。鸿雁比白鹭鸶高级许多，最重要的是，鸿雁吃起来很方便。你们看。”捕鸟人解开另一个包袱，里头有黄色的、蓝色的鸿雁，它们都像灯一样闪闪发光。而且一如方才的白鹭鸶，整齐排列的鸿雁鸟喙紧闭，而且有点扁扁的。

“这个马上就可以吃。你们要不要来一点?”捕鸟人轻拉黄色鸿雁的脚，仿佛是以巧克力做成的，脚一下子就断了。

“来，吃一点吧。”捕鸟人把脚分成两段。乔凡尼试吃了一点，心想“这真的是点心耶。而且比巧克力还要好吃。怎么可能会有这种鸿雁……看来这个男人是在原野上开点心店的。唉，我嘴里吃他的点心，心里却在嘲笑他，他还真是可怜。”他心里虽然这么想，却还是大口大口地吃着。

“多吃一点吧。”捕鸟人又拿了一些出来。乔凡尼尽管还想再吃，仍客气地说：“不用了，谢谢。”于是捕鸟人拿给方才那个腰上挂着钥匙的人。

“这是你做生意用的，真的不好意思。”那人脱下帽子致谢。

“别客气。今年候鸟的情形如何？”

“哎呀，可好呢。前天第二时辰到处都有人打电话来抱怨，说什么灯塔的灯故障，该亮的时间没亮。但又不是我的错，是那些候鸟实在太多了，黑压压地一片经过灯塔，把灯给遮住了。那我可没办法，就跟他们说：‘笨蛋，你们抱怨错对象啦，要抱怨就是去跟那些披着斗篷、嘴巴跟脚又细得要命的将军们抱怨吧。’哈哈……”

窗外再也看不见芒草，一道强光自原野另一边射来。

“为什么白鹭鸶吃起来不方便呢？”卡帕内拉从刚才就一直想问。

“因为吃白鹭鸶啊……”捕鸟人再度转过身来，“要先把白鹭鸶吊挂在天河反射的水光里十来天左右，不然就是要埋在砂石里三四天，这样水银才会完全蒸发，也才可以吃。”

“这不是鸟，只是一般的点心吧？”卡帕内拉鼓起勇气问道，看来他的想法和乔凡尼一样。捕鸟人突然惊慌失措地说：“哎呀呀，我得下车了。”他一边说一边起身拿包袱，转眼间就不见踪影。

“咦？他跑到哪里去了？”卡帕内拉和乔凡尼面面相觑。灯塔守卫露出笑容，伸长身子往两人那边的车窗望去。两人转过头看去，捕鸟人的身影出现在闪耀着黄色、蓝色磷光的河岸边，他站在草地上，一脸认真地张开双臂，静静地看着天空。

“他在那里。姿势好奇怪哦，一定又是在捉鸟了吧。真希望来得及看他捉到鸟。”话还没说完，方才看到的那种白鹭鸶就自蓝紫色的天空落下——而且是像雪花一般成群结队，嘎嘎作响飞舞而下。捕鸟人开心极了，仿佛一切都是事先讲好的。他将腿打开至六十度，牢牢地站稳脚步，接着用双手抓住白鹭鸶缩起的黑色双脚，将它们装进布袋里。白鹭鸶像萤火虫那般，在袋子里一闪一闪地发出蓝色光芒，逐渐变成白色，最后安详地闭上眼睛。只是，顺利降落在天河砂石上的白鹭鸶，数量仍远远超过捕鸟人捉到的。它们的脚一碰到砂石，就像融雪般消融、崩塌，接着有如自熔炉流出的液状金属，在砂石上扩散开来。砂石上起初还会出现白鹭鸶的轮廓，但那轮廓闪了两三次光芒后，便与其他砂石融为一体。

捕鸟人将二十只左右的白鹭鸶放进布袋后，突然高举双手，姿势就像士兵中弹时的死状。只是一眨眼的时间，捕鸟人的身影再度消失。

“啊……真畅快。没有什么事比做自己适合的工作更好了。”乔凡尼身旁传来熟悉的声音——捕鸟人已经回到车厢里，谨慎地将刚捉到的白鹭鸶一只一只叠好。

“你为什么要再回来呢?”乔凡尼有种难以言喻的心情，他既觉得事情本该如此，又觉得不应该这样，于是开口问道。

“为什么？我想来就来啦。对了，你们是从哪里来的?”

乔凡尼原本想立刻回答,但却怎么也想不起来。是啊,我是从哪里来的呢……卡帕内拉也面红耳赤地，试着回想一些事情。

“哦……是从很远的地方来的吧。”捕鸟人一副了然于心的样子，温柔地点了点头。

九、乔凡尼的车票

“我们就要离开天鹅区了。请看那里，那是著名的天鹅座贝塔星观测站。”

望向窗外，四幢雄伟的黑色建筑物矗立在有如烟火般的天河中，其中一幢平坦的屋顶上有两个晶透而光彩夺目的大球，一是蓝宝石，一是黄玉。圆球静静地滚动，当比较大的黄球向远处移动，比较小的蓝球便向近处滚来。不久后，两个球重叠在一起，形成美丽的绿色双面凸透镜。当蓝球来到黄球的正面，就会感觉中央逐渐膨胀，最后形成有一圈黄色亮光的绿色圆形。之后两个球开始横向交错，恢复双面凸透镜的形态，越离越远。接着交换方向，当蓝球向远处移动，黄球就向近处滚来，周而复始地一再重复。万籁俱寂中，黑色观测站静静地横躺在银河无形无声的流水之中。

“那是测量水的流速的机器，水……”捕鸟人话还没有说完。

“请出示车票。”列车长突然出现在三人身旁。头上戴的红帽让列车长看起来十分高大。捕鸟人默默地从口袋里拿出一张车票，列车长瞥了一眼后便移开视线，将手伸向卡帕内拉与乔凡尼。他动了动手指，像是在说：“你们的呢?”

“嗯……”乔凡尼伤脑筋地扭来扭去，卡帕内拉却很自然地拿出灰色的车票。乔凡尼手忙脚乱起来，他心想：“该不会在我上衣的口袋里吧?”于是将手伸进口袋里，没想到真的有张折起来的纸。觉得奇怪的他连忙将纸拿出来看，那是一张绿色、对折再对折的纸，展开后应该跟明信片差不多大小。因为列车长伸手在一旁等，于是乔凡尼把心一横，将纸交给列车长。没想到列车长一看到那张纸就立正站直，毕恭毕敬地展开。灯塔守卫充满好奇地从下往上窥探，一边看一边整理上衣的钮扣。乔凡尼心想：“那应该是什么证明书吧!”胸口突然有些发热。

“这是三度空间的人给你的吗?”列车长问道。

“我不太清楚是怎么一回事……”乔凡尼放下心中的不安，看着列车长呵呵笑了起来。

“好的,我们会在接下来的第三时辰抵达南十字星。”列车长将纸还给乔凡尼，往前头走去。

卡帕内拉迫不及待地探头过来看那张纸，乔凡尼自己也是。但那张纸只有满满的黑色蔓藤和十几个奇怪的字。一直盯着看的话，会有一种快要被吸进去的感觉。捕鸟人从旁边瞥了一眼后惊呼:“哎呀，不得了啦。有了这张车票，就可以到真正的天堂。不只是天堂，还可以随心所欲地想到哪里就到哪里。原来如此，难怪你们可以进入不完整的四度幻想空间，从银河铁道通往任何你们想去的地方。你们真了不起。”

“我也搞不清楚是怎么一回事……”乔凡尼只觉得脸上一阵热，赶紧将那张纸折起来放回口袋里。因为实在太害羞了，他只能和卡帕内拉一起眺望窗外的景色，但可以隐约感受到捕鸟人投来“你们真了不起”的眼神。

“快要到老鹰站了。”卡帕内拉看了看对岸三个并排的蓝色三角标，接着观察手里的地图后说道。

乔凡尼没来由地同情起捕鸟人。想起他因为捉到白鹭鸶而开心，想起他用白布将白鹭鸶层层包裹住,想起他对别人的车票感到好奇,又是惊讶又是称赞的……光是想到这些，乔凡尼就觉得愿意为素昧平生的捕鸟人贡献自己的所有，愿意代替他站在那片发光的天河河岸捕鸟捕上一百年，只要捕鸟人获得真正的幸福——他无法弃捕鸟人不顾。他想问对方:“你真正希望得到的是什么?”又怕太过唐突，因此迟疑了一会儿。没想到当他转头过去，捕鸟人早已消失无踪，架上的白色包袱也不见了。原本他以为捕鸟人又跑到外面，凝视着天空准备捕鸟，但往窗外看，只看见一片美丽的砂石与白色的芒草，遍寻不着捕鸟人头上那顶尖尖的帽子。

“那个人到哪里去了？”卡帕内拉也怔怔地说。

“到哪里去了呢？我们要去哪里才会再见到他？我还有话想跟他说呢……”

“是啊……我也这么觉得。”

“一开始，我觉得那个人很罗嗦，所以现在心里很难受。”这真的是乔凡尼前所未有，出生至今第一次涌现的感觉。

“我好像闻到苹果的味道，是因为我刚刚想到苹果吗？”卡帕内拉一脸不可思议地环视四周。

“真的是苹果的味道，还有野蔷薇。”乔凡尼心想现在是秋天，原野上不可能有花的味道，但他怎么闻，都觉得味道就是从窗外传来的。

此时，车厢里出现一个头发黑得发亮，看起来差不多六岁的小男生。小男生穿的红外套没有扣上钮扣，打着赤脚不停地发着抖。小男生身旁的青年穿着黑色的正式西装，看起来个子很高。青年挺拔的身影犹如迎风而立的榉木，紧紧拉着小男生的手。

“哎呀，这里是哪里呀？好美哦。”青年身后还有一个看起来差不多十二岁，有一对咖啡色瞳孔的小女生。小女生身穿黑色外套，挽着青年的手，万般好奇地望向窗外。

“这里是兰开夏州。不是，是康乃狄克州。也不是，啊……我们到天上来了。你们看，那就是天上的符号。不用害怕，我们就要到神的身边了。”身穿黑色西装的青年满脸喜悦地对小女生说。但不知为什么，他随即眉头深锁，一副疲倦极了的样子，勉强自己露出笑容，让小男孩坐在乔凡尼身旁。

接着，青年示意小女生在卡帕内拉身旁坐下。小女生听话地坐下后，将双手规矩地交叠放在大腿上。

“我想找菊代姐姐。”小男生一坐下，就神情有异地对才刚在灯塔守卫对面坐下的青年说。青年看着小男生湿湿的卷发，表情流露出难以言喻的悲伤。小女生突然以双手掩面，抽抽噎噎地哭了起来。

“爸爸和菊代姐姐还有很多工作要做，但他们之后就会来找我们了。而且妈妈已经等好久了呢。妈妈一定每天都在想，我可爱的正志现在在唱什么歌呢？下雪的早上，是不是跟大家一起在接骨木树林里玩呢？妈妈那么担心，我们还是早一点去吧。”

“嗯，可是如果我不坐船就好了……”

“是呀。不过你看看这条壮阔的河，还记得有一年夏天，我们每次休息时都会唱‘一闪一闪小星星……’，那时候从窗外看到的夜空就是这样白白的。我们现在就在那里哦。你看，很美吧？好亮呢。”

哭泣的小女生用手帕擦了擦眼泪，望向窗外。青年继续轻声对那对姐弟说：“我们不用悲伤。我们正在进行美好的旅行，很快就会抵达神的身边。那里既明亮又芬芳，还有许多伟大的人。而且代替我们坐上救生艇的人，一定都会得救，各自回到为他们担心的爸爸、妈妈身边。来，打起精神来开心地歌唱吧！”青年摸了摸小男生湿漉漉的黑发，在安慰大家的同时，也逐渐找回自己脸上的光彩。

“你们是从哪里来的？发生了什么事？”

灯塔守卫总算听出了一些端倪，便开口问青年。

青年露出微笑：“我们乘坐的船撞到冰山，沉没了。因为小朋友的爸爸有急事，两个月前先回国了，我们是随后出发的。我在大学里读书，是他们的家庭教师。到了第十二天，就是今天还是昨天，船撞到冰山后变得倾斜，接着开始下沉。那时候其实有微微的月光，但是雾很大。加上船左边的救生艇已经坐不下了，不可能所有人都坐上救生艇。眼看着船就要沉了，我拼命喊‘请先让小朋友坐’。前面的人立刻让开，并为小朋友们祈祷。可是前面还有很多小朋友，他们的爸爸妈妈也在，我实在没有勇气把他们推开。之后我觉得保护他们是我的义务，于是决定继续向前挤。但又觉得与其为了得救而这么做，或许带着他们到神的身边，对他们来说比较幸福。不过我还是希望他们能得救，违背神的罪，就让我一个人来承担。但光是看到眼前的情景，我知道事情没有那么容易。救生艇上满满的小朋友，忍痛放开小朋友的妈妈们发狂般地送上飞吻；爸爸们静静地站在一旁，强忍心中的悲伤。船开始下沉的时候，我就做好心理准备，决定在船完全下沉之后抱着他们，能浮多久就浮多久。当时有人抛救生圈过来，但手一滑就抛到离我们很远的地方。我使尽全力将甲板上的木框拆下来，于是我们三个人就紧紧抓住那个木框。不知道从哪里传来（**原文缺两个字。——译者注**）的声音，于是大家就用各国语言一同歌唱。一声巨响之后，我们就掉进水里了。掉进漩涡里的时候，我紧紧地抱着他们，接着就失去意识……等我回过神来，我们就在这里了。他们的妈妈前年过世了。嗯，救生艇一定得救了，因为救生艇上有老练的水手，一下子就把救生艇划到离船很远的地方。”

听见身边传来小小的叹息与祈祷声，乔凡尼和卡帕内拉慢慢回想起原本已经遗忘的一些事，眼眶一阵发热。

（啊，那片大海就是太平洋吧？在冰山流动的极北海域上，有人乘着小船，在刺骨的寒风、冰冷的潮水侵袭下拼命工作。我好同情他。究竟我该怎么做，才能让他得到幸福呢？）乔凡尼低着头，陷入沉思。

“我不知道什么是幸福，但我知道即使遭遇再大的痛苦，只要我们走在正确的道路上，那么无论顺境或逆境，都会距离真正的幸福越来越近。”灯塔守卫安慰他们。

“是啊，只要能拥有最美好的幸福，那么饱尝痛苦也是一种恩赐。”青年就像在祈祷一般答道。

那对姐弟筋疲力尽地在座椅上沉沉睡去，原本打着赤脚的小男生，不知道从什么时候开始已经穿上一双柔软的白鞋。

喀登喀登喀登喀登，火车继续行驶在闪耀着磷光的河岸上。当他们望向对面的车窗，原野有如一张张幻灯片，除了有成百上千、或大或小的三角标，还有大三角标上的红色测量旗。原野尽头云雾袅袅；而更远处，不时有各式各色狼烟，阵阵升上蓝紫色的天空。清澈美丽的风中，弥漫着蔷薇的香气。

“怎么样？你应该没看过这种苹果吧？”不知何时出现了一堆金黄色、红色的鲜翠欲滴的大苹果，灯塔守卫将它们放在大腿上并且用双手保护，深怕它们掉落。

“哎呀，这苹果哪里来的？真是好看。这里有种这么漂亮的苹果吗？”青年着实感到惊讶，忘我地眯起眼睛、歪着头凝视灯塔守卫手中的苹果。

“来，请拿去吧，别客气，请拿去吧。”青年拿了一个，看了一下乔凡尼他们，“来，那边的少爷，你们也拿吧。”乔凡尼听到“少爷”这个称呼，心里有点生气，便一句话也没说；但卡帕内拉说了“谢谢。”青年帮他们一人拿了一颗苹果，于是乔凡尼也站起来说了声“谢谢”。

这样一来，灯塔守卫才能移动双手，他在熟睡的那对姐弟大腿上各放了一颗苹果。

“谢谢你。这么漂亮的苹果是种在哪里的呢？”青年仔细观察着苹果。

“这附近当然有农业，而且可以自动长成很棒的作物呢。只要撒下自己喜欢的种子，就一定会丰收。比如说米，这里的米和太平洋一带的米不一样，既没有壳又大上十倍，而且味道很香。无论是苹果还是点心都没有渣滓，进入人体后就化为各种不同的淡淡香气，自毛孔扩散。不过你们要去的地方就没有农业了。”

不久后，小男生猛然睁开双眼。他说：“我梦见妈妈了。妈妈在一个有气派橱柜和书的地方，她一边看着我一边伸出手，还笑嘻嘻的。我跟妈妈说我要去捡一个苹果给她，后来我就醒了。啊，这是刚才的火车。”

"苹果在这里，是叔叔给你的哦。"青年说道。

"谢谢叔叔。咦？薰子姐姐还在睡，我来叫她。姐姐，你看，人家送我们苹果，快点起来。"小女生笑了。她用双手揉了揉眼睛，接着看向苹果。小男生就像在吃派一样吃着苹果。一圈圈螺旋状的苹果皮，看起来就像软木塞钻孔器，还没掉到地板上，就闪耀着灰白色的光芒，如蒸发般消失了。

乔凡尼与卡帕内拉小心翼翼地把苹果收进口袋里。

下游对岸是一大片青翠茂盛的树林，树枝上结满红润的圆形果实。树林正中央有一个高高的三角标，而树林深处随风传来铁琴、木琴等音色优美的乐声，仿佛能够渗透人心。

青年不禁浑身颤抖。

竖耳聆听，那乐声既像黄色或淡绿色的明亮原野，也像洁白如蜡的露水擦过太阳表面。

"啊，乌鸦！"卡帕内拉身旁，名叫薰子的小女生喊道。

"那不是乌鸦，是喜鹊！"由于卡帕内拉突然大吼，感觉有点像在骂人一般，乔凡尼不禁笑出声来。小女生一脸不好意思。闪耀白色光芒的水边有许多黑色的鸟，鸟儿排成一列，静静地在原地享受河川反射的微光。

"那是喜鹊没错，因为它们头后面的毛比较长。"青年像是在仲裁般打圆场。

火车到了对面那片青翠树林中的三角标正前方。此时，火车后方传来熟悉的（原文缺了约两个字。——译者注）号圣歌，感觉由很多人一同合唱。青年的脸色一阵青一阵白，起身就要往那里去，但想了一想后又坐了下来。薰子用手帕遮脸，就连乔凡尼都觉得鼻酸。那首歌却越来越清楚，最后乔凡尼、卡帕内拉也都跟着唱了起来。

不久后，天河对岸逐渐看不见绿色橄榄树林闪烁的光芒了，而从那里传来的乐声也在火车声、风声的影响下显得微弱。

“啊，有孔雀!”

“嗯，刚刚有很多呢。”小女生答道。乔凡尼看见孔雀在树林上方展开、收合羽毛时反射的光芒，那光芒现在变得很小、很小，就像一个绿色的贝壳钮扣。

“对，我刚才还听到孔雀的声音。”卡帕内拉对小女生说。

“嗯，我记得有三十只吧，发出竖琴声音的都是孔雀哦。”小女生回答。乔凡尼心中突然涌现出难以言喻的孤单感，他脸色一变，几乎就要脱口说出——卡帕内拉，我们下车去玩吧。

河流分成两边，黑漆漆的小岛中央有一座高高的楼台，上头有一个身穿宽大衣裳、头戴红帽的男人。男人双手各拿着一面红色、蓝色的旗子，仰望着天空，用旗子发出讯号。乔凡尼看见那男人先是挥舞红旗，接着立刻放下红旗藏在后方，并高高举起蓝旗——男人就像交响乐团的指挥，奋力地挥动双手。此时，空中传来倾盆大雨般的声响，一大片黑色物体就像子弹一样飞向河流的对面。乔凡尼忍不住将上半身伸出窗外眺望。

在美丽的蓝紫色天空下，数以万计的小鸟一组着接一组，发出嘈杂的鸟鸣声忙乱地飞过。

“鸟飞过去了。”乔凡尼在窗外说道。

“我看。”卡帕内拉也望向天空。

当楼台上那个身穿宽大衣裳的男人举起红旗，发狂似地挥舞，鸟群就无法继续向前飞。河流下游传来巨大的崩塌声，安静了一会儿后，头戴红帽的旗手挥动蓝旗，喊道:“候鸟们飞啊！候鸟们飞啊!”他的声音十分清晰。接着，数以万计的鸟群笔直地飞过天空。当他们伸出头向外看的同时，小女生也透过两人之中的车窗仰望天空，她的脸颊有着美丽的光泽。“好多鸟呀，天空真是美。”小女生想要和乔凡尼说话，乔凡尼却摆出“哼，小鬼头”的态度一句话也不说，只是望着天空。小女生轻叹了一口气，回到自己的座位上。卡帕内拉露出同情的神情，把头缩回车厢里看了看地图。

“那个人在跟小鸟说话吗？”小女生轻声问卡帕内拉。

“嗯，他在用讯号指引候鸟，一定是因为哪里在放狼烟吧。”卡帕内拉有些不确定地回答。车厢里陷入一片沉默。乔凡尼想把头缩回车厢里，却又不想在明亮的地方露脸，于是就这样默默地站着，接着吹起了口哨。

（为什么我这么悲伤？我必须有更美丽、更宽敞的心胸，对岸一点一点蓝色的火光看起来如烟如雾，是如此的宁静、冰冷。我要看着对岸，让自己冷静下来。）乔凡尼用双手按着自己又热又痛的头，（啊……为什么无论到哪里，都没有人和我一起呢？看到卡帕内拉跟那个小女生聊天聊得这么开心，我真的好难过。）乔凡尼热泪盈眶，天河看起来白茫茫的一片，仿佛距离自己很遥远。

火车慢慢自河流行驶到山崖上方，越往下游，对岸黑色的山崖看起来就越高。接着他们看见高大的玉米树。在蜷曲的叶片下，隐约可以看见绿色苞叶已长出红须，结出珍珠般的果实。玉米树的数量越来越多，沿着山崖与铁道排成一列。乔凡尼不禁将头缩回车内，望向另一边的车窗。高大的玉米树不断延伸，直到美丽天空与原野间的交界，随风摇曳的树，蜷曲叶片上的露水好比白天吸收了满满日光的金刚石，闪耀着红色、绿色的光芒。“那是玉米吧。”卡帕内拉对乔凡尼说，但乔凡尼却无法重振精神，只能看着原野淡淡地说：“应该是吧。”这时火车开始减慢速度，经过几个标志与转辙器后，停靠在一个小站。

正面那个白色时钟清楚地指着两点。没有风儿吹拂、火车也静止不动，静谧无声的原野上，只有钟摆仍滴滴答答地正确地刻画着时间。

除了钟摆的声音，细微的旋律如丝线般，自遥远的原野际涯传来。“是《新世界交响曲》。”小女生凝视着这边自言自语。车内的每个人，包括那个身穿黑衣的高大青年都进入了温柔的梦乡。（为什么在这么安静、美好的地方，我却一点也不开心呢？为什么我这么孤单呢？卡帕内拉实在太过分了，他明明是跟我一起上车的，却只跟小女生聊天。我真的好难过。）乔凡尼再次用手遮住半张脸，凝视对面的车窗。清澈的笛音鸣起，火车静静地启程。卡帕内拉有些寂寞地以口哨吹起《星星之歌》。

“啊……啊……这里已经是高原了。”后面传来老年人的声音。老人的声音充满精神，听起来像是刚睡饱。

“玉米啊，如果不用棒子钻一个六十厘米深的洞再播种，是长不出来的。”

“这样啊，这里离河流挺远的吧？”

“是啊，大概有六百米到一千八百米吧，完全就是险峻的峡谷。”乔凡尼不由得心想——啊，这里不是科罗拉多高原吗？卡帕内拉又寂寞地吹起口哨，小女生望向乔凡尼注视的方向，她的脸庞就像用绢布包裹的苹果，白里透红。突然，眼前再也看不见玉米，只有一片辽阔的黑色原野。《新世界交响曲》越来越清楚地自地平线那一端传来。他们看见一个头上插着白色羽毛、用许多石头装饰双手与胸前的印第安人出现在黑漆漆的原野上，他拈弓搭箭，狂奔在火车后头。

“哎呀，是印第安人呀，印第安人。快看！”黑衣青年睁大双眼，乔凡尼和卡帕内拉也站了起来。

“他跑过来了，哎呀呀，他跑过来了！他是在追火车吧？”

“不，不是追火车。应该是在打猎还是在跳舞吧。”青年似乎忘了现在身在何处，说话的同时将手插进口袋里。

印第安人的确很像在跳舞，若说在追赶，脚步未免太缺乏效率，应该也会再积极一点儿。过了一会儿，印第安人头上的白色羽毛感觉就要前倾，他停下脚步，迅速地对着空中拉弓射箭。一只白鹤飘然坠落，印第安人再次奔跑起来，白鹤掉进他张开的双臂中。印第安人看起来很开心地笑了。他抱着白鹤望向这里的身影越来越小、越来越远。经过两个闪闪发光的电线杆绝缘套管，眼前又出现一整片玉米。从这一边的车窗看出去，会发现火车行驶在很高很高的山崖上，山谷里是宽广明亮的河流。

“从这里开始到那片水面为止一路都是下坡，所以没有那么简单。因为实在太斜了，所以火车绝对不会从对面过来。你们看，火车越来越快了吧。”刚才那位老人说。

火车不断往下走。当铁道经过崖边，他们就能稍微瞥见下方明亮的河流。乔凡尼的心情逐渐开朗起来。火车经过一间小屋，小屋前有个看起来很虚弱的小朋友盯着火车瞧。乔凡尼看见那个小朋友，情不自禁惊呼出声。

火车不断向前。车厢里有一半的人倒向后方，紧紧靠着座椅。乔凡尼和卡帕内拉都忍不住笑了。天河就像汹涌的流水自火车旁湍急而过，不时闪耀着粼粼的波光。淡红色河岸上开满了石竹花。过了好一段时间，火车才恢复平稳缓慢前行。

对面与这边的河岸竖立了写着星星形状与吊桥的旗子。

“那是什么旗?”乔凡尼终于开口说话了。

“我也不知道，地图上没有。那边有铁船呢。”“嗯……”

“是不是在搭桥啊?”小女生说道。

“嗯……那是工兵的旗子，应该是在进行搭桥演习吧，可是没有看到士兵。”

此时，对岸稍微下游的地方传来剧烈的声响，天河里那肉眼看不见的水猛然腾高，像一根发光的柱子。“爆炸了，爆炸了!”卡帕内拉雀跃地跳了起来。

水柱消失后，肥美的鲑鱼与鳟鱼跳出水面，露出白白亮亮的鱼肚，它们在空中划出一个接一个圆，再回到水里。乔凡尼兴奋地几乎要跳起来。“他们是空中的工兵大队。你看，鳟鱼竟然跳得那么高。我从没体验过这么愉快的旅行，真是太开心了!”“那些鳟鱼近看一定有这么大吧。没想到这水里有这么多鱼。”

“不知道有没有小鱼。”小女生加入话题。“应该有吧，有大的就有小的呀。可是我们距离太远了，看不到小鱼。”乔凡尼已经完全恢复精神，兴致盎然地回应小女生。

“那一定是双子星王子的宫殿。”小男生突然指着窗外大喊。

右手边低矮的小山丘上，有两座看来像是以水晶建造而成的小巧宫殿。

“双子星王子的宫殿?”

“妈妈常常说那个故事给我听。既然那两间小小的水晶宫殿排在一起，一定就是了。”小女生说。

“你说给我们听呀，双子星王子怎么了?”

“我也知道哦。就是双子星王子到原野上玩，结果和乌鸦吵起来了。对吧?”

“不是,妈妈是说银河边……”“然后彗星就咻——咻——掉下来”“不是啦，小正,那是另外一个故事。”“他们现在在那边吹笛子吗?”“现在去海边了。”“不是，他们已经离开海边了。”“对对对，我知道，让我讲。”……

天河对岸微微转红，杨树等树木一片漆黑。本来望不见的天河波澜，此时也隐约泛出细细的红光。对岸的原野上似乎燃着熊熊火焰。滚滚浓烟像要将高高的黛蓝色天空烧焦。那团火焰比红宝石还要鲜艳、明亮,比锂还要令人陶醉。“那是什么火? 要烧什么，火才会这么红?”乔凡尼说。“那应该是蝎子的火。”卡帕内拉对照了一下地图。“哎呀，如果是蝎子的火，那我知道耶。”

“什么蝎子的火?”乔凡尼问。“爸爸跟我说过好几次，蝎子是被烧死了，而且那火一直烧到现在。”“蝎子是虫吧?”“是呀,蝎子是虫,不过是好虫。”“蝎子才不是好虫呢。我去博物馆的时候，有看到蝎子被泡在酒精里。老师说蝎子尾巴有毒钩，被螫到就会死掉。”“没错，不过蝎子是好虫。爸爸说以前巴鲁多拉原野上有只蝎子一直杀其他小虫来吃。有一天鼬鼠发现蝎子，想捉蝎子来吃，蝎子逃啊逃地最后还是快要被鼬鼠捉住。没想到那时候前面有一个井，蝎子突然掉进井里，之后一直爬不出来。眼看就快要溺死了，蝎子在心里不断忏悔——

“我这辈子活到现在，杀生无数，就算我拼命逃离鼬鼠，最后还是落得如此下场。啊……我真是没用。为什么不老老实实地把自己的身体献给鼬鼠呢？这样至少鼬鼠可以多活一天。神啊，请您看看我的心。请不要让我死得那么没有价值，请用我的身体让其他人获得幸福……就在那个时候，蝎子的身体突然燃烧起来，化为美丽的红色火焰，为其他人照亮黑暗。爸爸说，蝎子一直到现在都还在燃烧，就是那团火焰。”

“真的，你们看，那边的三角标刚好排成蝎子的形状。”

乔凡尼觉得在火焰另一边的三个三角标就像蝎子的螯，而这一边的五个三角标就像蝎子的尾巴与毒钩。此外，那团炙红的火焰就这样默默燃烧，发出明亮的光辉。

当火车远离那团火焰，大家都陷入沉默。在一阵花草香气中，各式各样热闹的音乐、口哨声与人们的谈笑声传来，感觉就像快要抵达小镇，而那里即将举办祭典一样。

“半人马座呀，请降下露水——”一直睡在乔凡尼身旁的小男生突然看着对面的车窗大喊。

那边出现一棵圣诞树般的青翠桧木，树上挂满小灯泡，好比聚集了成千上万的萤火虫。

“对了，今晚是半人马座祭。”“啊……这里是半人马村哦。”卡帕内拉随即说。

（以下缺一页原文。——译者注）

“我投球很准的！”小男生抬头挺胸地说。

“南十字星站就要到了，准备下车吧。”青年对大家说。

“我想再坐一下火车。”小男生说。卡帕内拉身旁的小女生连忙起身，开始准备下车，但她看起来实在不想跟乔凡尼他们分开。

“我们一定要在这里下车。”青年俯视小男生，坚决地说。

“我不要，我要再坐一下火车。”

乔凡尼忍不住说：“你们就跟我们一起吧，我们有一张可以想到哪里就到哪里的车票。”

“可是我们要在这里下车，才能到天堂去。”小女生落寞地说。

“不去天堂又没关系，我的老师曾经说，我们要在这里创造比天堂更美好的地方。”“可是我妈妈已经去了，而且这是神的旨意。”“这种神是骗人的。”“你的神在骗人。”“才不是呢。”“那你的神是什么神？”

青年笑着说：“其实我不知道，但我相信真正的神只有一个。”“真正的神当然只有一个。”“嗯……那是独一无二、千真万确的神。”“我刚刚不是说了吗？我希望你们可以和我们一起见到真正的神。”青年虔诚地交叠双手，小女生也是。大家依依不舍，脸色都有些苍白。乔凡尼几乎要放声痛哭。

“准备好了吗？南十字星站就要到了。”

就在这个时候，天河下游出现一座散发蓝色、橙色等各式光线的十字架。十字架就像树一样矗立在河流中央，上方有苍白云雾形成的光环。车厢里热闹极了，就像北方那个十字架出现时一样，人们开始立正祈祷。四处不时传来小朋友们开心的声音、悲叹的声音。接着，车窗逐渐来到十字架的正面，如苹果肉般的苍白光环也悠悠荡荡地围绕。

“哈利路亚，哈利路亚。”人们的声音既明亮又欢乐，一阵清澈、爽朗的喇叭声自遥远的天空传来。火车在许多信号灯、电灯的光线中，逐渐放慢速度，最后刚好停在十字架的对面。“好，我们下车吧。”青年拉着小男生的手，往出口的方向移动。“再见了。”小女生回过头对乔凡尼他们说。“再见。”乔凡尼拼命忍住想哭的心情，全身僵硬的他感觉就像是在生气。小女生难受地睁大双眼，再回过头看一眼之后，就只能默默地走出车外。大半乘客都下了车，车厢里空荡荡的，萧瑟的风自窗外吹进车内。

他们看见人们毕恭毕敬地排成一列，跪在十字架前的天河水边。接着，一个人张开双手越过肉眼看不见的天河流水，向着他们走来。他身上的白色衣服充满神秘的气息。说时迟，那时快，火车此时已经发出清澈的笛音，慢慢地启程。一片银色云雾迅速自下游飘来，火车上的人什么都看不见，只能偶尔瞥见窗外胡桃树叶片闪耀的光芒，还有带着金黄色光环的电松鼠，在胡桃树上露出它们可爱的脸庞。

当云雾散去，他们看见一条不知道通往何处、有一排小灯的街道。这条街道沿着铁道向前。每当他们通过小灯正前方，小灯就会熄灭；等他们经过，小灯又会再度亮起。仿佛小灯在用这种方式和他们打招呼。

回过头去看，刚才那座十字架看起来好小，就像可以拿来挂在胸前。看不出青年、小女生他们是否还跪在十字架前的水边，或者已经抵达不知在何方的天堂。

乔凡尼深深地叹了一口气："卡帕内拉，又只剩下我们了。我们不管到哪里都要一起去。我现在就像那只蝎子，只要能为大家带来幸福，就算要被火烧一百次也没关系。"

"嗯，我也是。"卡帕内拉眼眶浮现美丽的泪水。

乔凡尼问："什么才是真正的幸福？"卡帕内拉怔怔地回答："我不知道。"

"我们要打起精神。"乔凡尼深深吸了一口气，内心涌现全新的力量。

"啊，那是煤袋星云，就像天空里的洞！"卡帕内拉有些畏怯地指着天河一处说道。乔凡尼往那里一瞧，着实吓了一跳——天河里真的有一个大洞。他再怎么揉眼睛，还是看不清洞里究竟有多深，只觉得眼睛有些刺痛。乔凡尼说："现在就连这么巨大的黑暗，我也不怕。我一定要找到人们真正的幸福，无论到哪里，我们都要一起去哦。”“好，我也一定要找到。啊……那片原野好美呀。大家都在那里，那里就是真正的天堂吗？我看见我妈妈了。”卡帕内拉指着遥远的美丽原野大喊。

乔凡尼也看了过去，但他只看见白茫茫的一片，并不像卡帕内拉说得那样。乔凡尼感到一股无以言喻的寂寞，怔怔地望向那边。对面河岸上的两根电线杆仿佛手牵手般，中间横着一根红木。“卡帕内拉，我们要一起去哦。”乔凡尼回过头望向卡帕内拉坐着的座位，但卡帕内拉的身影早已不在，只剩下空空如也的天鹅绒座椅。乔凡尼像子弹一样奋力起身。为了不让其他人听见，他将身子伸出窗外，接着激动地吼叫、用力地捶胸，最后失声痛哭。他的世界仿佛陷入一片黑暗。

乔凡尼睁开双眼，发现自己因为太累，在山丘上的草地里睡着了。他感觉胸口异常地热，脸颊上满是冰冷的泪水。

他跳起身来，山丘下的小镇一如方才般灯火通明，感觉却比刚才炽亮。梦里的天河依旧是白茫茫的一片，在南边漆黑的地平线上方如烟如雾，而天河右边是天蝎座那颗闪耀美丽光芒的红色星星。天空整体的排列没有什么改变。

乔凡尼一口气跑下山丘。他满心挂念着还没有吃晚餐，一直在等他回去的妈妈。他穿过黑色的树林，绕过牧场的白色栅栏，从刚才经过的入口走到昏暗的牛舍前。一辆载着两个木桶的车停在那里，看来应该是有人回来了。

“晚安……”乔凡尼喊了一声。

“来了。”一个穿着白色宽大裤子的人立即出来回应。

“有什么事？”

“我们家的牛奶今天没有送来。”

“啊，抱歉。”那人随即到后方拿了一瓶牛奶给乔凡尼，笑着说，“真是抱歉，我中午没关好栅栏，结果蛇立刻钻进来，把大半的牛奶都给喝了。”

“这样啊，那我先回去了。”“谢谢你，真是抱歉啊。”“没关系。”乔凡尼双手抱着温热的牛奶，走出牧场栅栏。

他穿过通往大街的林荫道，继续向前走一会儿，就到了刚才与卡帕内拉他们相遇的十字路口。从十字路口的右手边，可以看到刚才一行人前往放王光灯笼的那条河川，大桥旁的那座高台，静静地矗立在夜空中。

七八个女人聚集在十字路口转角处的商店前，一边看着桥一边交头接耳地，不知道在说什么事情。桥上聚集了许多灯光。

乔凡尼没来由地觉得胸口凉了一半，突地对着身边的人大叫：

“发生什么事了?”

“有小朋友掉进河里了。”一个人回答乔凡尼之后，其他人便不约而同地看着乔凡尼。乔凡尼什么也没想就往桥的方向跑去，桥上人山人海，无法看见下面的情况。人群中还有穿着白色衣服的巡警。

乔凡尼跳下桥墩，走向宽广的河岸。

河岸边有许多上下移动的灯光，对岸昏暗的堤防旁也有七八个移动的亮点。灰色的水面上已经看不见王瓜灯笼，河流里的水静静地向前流动。

最下游的河岸有一块沙洲，好多人站在那里。乔凡尼往那里跑去，看见刚才和卡帕内拉在一起的马尔索。马尔索跑向乔凡尼：“乔凡尼，卡帕内拉掉进河里了。”“为什么？什么时候?”“就是札内利想从船上把王瓜灯笼推到水流比较顺的地方，没想到船一晃，他就掉进河里去了。卡帕内拉立刻跳进水里，把札内利推到船上。加藤抓住札内利,可是没有看见卡帕内拉。”“大家都在找吧?”“对啊，大家马上就来了，卡帕内拉的爸爸也有赶来，可是一直没找到。札内利被带回家了。”乔凡尼走向大家,看见卡帕内拉的爸爸。卡帕内拉的爸爸肤色苍白、下巴尖尖的，他穿着黑色衣服，在学生与镇上人们之中立正站着，默默注视他右手的表。

大家都盯着河面看，没有人吭声。乔凡尼双腿直打颤。捕鱼用的电石灯来回穿梭。河水不停地流动，昏暗的水面上余波荡漾。

倒映着大片银河的下游处看起来一点水也没有，仿佛真正的夜空。

乔凡尼不禁心想卡帕内拉已经到了银河的另一头，再也回不来了。

但大家却觉得卡帕内拉会从水波间游出来说："我游了好久哦。"或者是在没有人知道的沙洲上站着，等待大家的救援。不久后，卡帕内拉的爸爸毅然决然地说："没救了，他掉进河里已经超过四十五分钟了。"

乔凡尼不自觉地冲到博士面前。他很想告诉博士——我知道卡帕内拉在哪里，我刚刚还跟他在一起的。但他一句话都说不出来。博士以为乔凡尼是来跟他打招呼的，看了乔凡尼好几次。

"你是乔凡尼吧？今天晚上，谢谢你们。"博士有礼貌地说。

乔凡尼还是沉默不语，只能向博士行礼。

"你爸爸回来了吗？"博士紧紧握着手表，又问了一句。

"还没。"乔凡尼轻轻地摇了摇头。

"怎么会？他前几天还写了封很有精神的信给我，今天应该要回来了才是。一定是船耽搁了。乔凡尼，明天放学以后和大家一起到我家玩吧。"

博士说话时再度望向倒映着银河的河面。乔凡尼百感交集，不知道该说些什么才好，只能静静地自博士身边走开。一想到得快点把牛奶还有爸爸即将回来的消息带回去给妈妈，他马上迈开步伐，卯足全力往镇上的方向飞奔而去。

贤治小专栏6

未雕刻完成的璀璨宝石——各版本的《银河铁道之夜》

《银河铁道之夜》是宫泽贤治最为人喜爱的作品。

贤治的作品有一个很大的特点，就是内容总是经过反覆的推敲与增修改写。《银河铁道之夜》共有四个版本，以最后一个版本最为人所熟悉，目前市面上的书籍大多以此版本为准。直至贤治三十七岁那年死亡，这本小说仍在草稿阶段，中间有部分尚未完成。

自第一版本草稿开始，贤治花费长达十年的时间修改，曾历经三次大幅度的改写。第四版与前三个版本的最大不同之处，在于前三个版本里都有一位布鲁卡尼诺博士。这个角色在书中扮演着举足轻重的地位。

乔凡尼的睡眠其实是布鲁卡尼诺博士所进行的催眠实验，旅途中乔凡尼曾听到好几次博士“犹如大提琴般声音”的说明与指示，卡帕内拉消失后，博士以“带着黑色大帽子高瘦苍白的大人”的样貌出现在车内，手拿一本不可思议的《地理与历史的辞典》，教导乔凡尼思考的方向以及今后应该前进的道路。

到了第四版本，在前三个版本中举足轻重的博士被删去，取而代之的是卡帕内拉父亲的角色，并经由这个角色，宣告了卡帕内拉的死亡。

若非贤治英年早逝，如今呈现在大众眼前的《银河铁道之夜》，恐怕又是另一番面貌。

不畏风雨

不怕雨
不怕风
也不怕冰雪与酷暑
拥有强健的体魄
没有贪欲
也绝不生气
总是微笑沉静
每天吃四合糙米
味噌与些许野蔬
遇到任何事情
都淡然处理
仔细观察、倾听与了悟
之后铭记在心
居所是偏远松林的树荫下
一间小小的茅草屋
当东边有孩子生病
便去照顾
当西边有母亲疲累
便去分担她肩上的稻束
当南边有人即将死去
便去安抚他的恐惧
当北边有人争执、诉讼

便去对他们说："停止无聊的闹剧吧！"
为干旱流泪
为凉夏可能歉收而不安踱步
即使被人说自己一无是处
没人赞扬
也不以为意
我想成为
这样的人